Le Livre de Poche Jeunesse

Alice Oseman

Alice Oseman est née en 1994 dans le Kent, au Royaume-Uni. Elle a écrit son premier roman et obtenu son premier contrat d'édition à l'âge de dix-sept ans. Depuis, elle n'a cessé d'écrire et de dessiner.

De la même autrice

- Nick et Charlie

Traduit de l'anglais (Royaume-Uni) par Valérie Drouet

L'édition originale de cet ouvrage a paru chez HarperCollins Children's Books,
a division of HarperCollinsPublishers Ltd, sous le titre :
This Winter – A Solitaire Novella

Alice Oseman

Cet Hiver

Traduit de l'anglais (Royaume-Uni)
par Valérie Drouet

OK

— Ceci montre bien, ajouta Jane,
qu'il ne reviendra pas de cet hiver.

Orgueil et Préjugés, Jane Austen

Victoria Annabel Spring,
16 ans

Tori

Je me réveille deux heures après m'être endormie. La durée de mon sommeil la veille de Noël semble décroître d'année en année, certainement parce que mon heure moyenne d'endormissement se décale progressivement de plus en plus tard, à cause de mon inquiétante addiction à Internet. Peut-être que je vais finir par arrêter de dormir complètement et devenir un vampire. Ça m'irait bien.

Je ne vais pas perdre mon temps à me plaindre de mon cycle de sommeil là, tout de suite. C'est Noël, le jour de l'année où je devrais au moins essayer de ne pas me plaindre du tout. C'est compliqué avec un frère de sept ans qui me donne des coups d'oreiller en plein visage à six heures du matin.

Je dis quelque chose comme « nooon » avant de battre en retraite sous la couette, mais ça n'arrête pas Oliver qui tire les couvertures et se glisse dans mon lit.

— *Tori*, chuchote-t-il. C'est *Noël*.

— Hmm.

— Tu es réveillée ?

— Non.

— Mais si !

— Non.

— *Tori*.

— Oliver... Va réveiller Charlie.

— Maman a dit que je n'ai pas le droit.

Il se met à m'ébouriffer les cheveux.

— Toriiiiii…

— *Roh.*

Je me retourne et j'ouvre les yeux. Oliver est entièrement sous les couvertures, il m'observe, frétillant d'excitation, la pointe de ses cheveux rebique, il a l'air d'un pissenlit. Charlie et moi avons longuement mis en doute le fait qu'Oliver soit de notre famille, puisqu'il est l'incarnation même de la joie alors que nous sommes deux gros dépressifs. Nous en avons conclu qu'il avait dû hériter de tous les gènes du bonheur.

Oliver tient une carte de Noël entre ses mains.

— Pourquoi tu as une…

Il ouvre la carte, et une version horriblement joyeuse de *We Wish You A Merry Christmas* se met à me chanter dans les oreilles.

Je grogne puis, d'une main, je pousse Oliver du lit. Il roule au sol, d'où il éclate de rire.

— Insupportable, je marmonne avant de m'asseoir pour allumer ma lampe de chevet, tirant ainsi un « YOUPI ! » à Oliver.

Il se met à parcourir ma chambre en ouvrant et en refermant la carte, qui joue les deux premières notes en boucle.

D'habitude, Noël ne se passe pas trop mal chez nous. C'est détendu. Tranquille. Papa appelle ça un « Noël de printemps », en référence à notre nom de famille. Il trouve ça hilarant. Nous ouvrons les cadeaux au réveil, puis la famille vient manger, reste tard... Et voilà. Je joue à des tas de jeux vidéo avec mes frères et mes cousines, papa boit toujours trop, mon grand-père espagnol (le père de papa) se dispute avec mon grand-père anglais (le père de maman) – c'est formidable.

Mais ce n'est pas vraiment un Noël comme les autres, cette année.

Mon frère de quinze ans, Charlie, souffre d'un trouble alimentaire. L'anorexie. Ça fait longtemps, mais ces derniers mois ont été particulièrement difficiles, et le stress engendré a fait qu'il a recommencé à se mutiler en octobre. Il a vécu loin de la maison pendant quelques semaines, dans une clinique psychiatrique spécialisée dans les troubles alimentaires chez les adolescents, et ça l'a clairement aidé, mais ça a été dur. Évidemment.

Je ne pense pas qu'il y ait une raison particulière au fait qu'il soit tombé si malade. C'est arrivé comme ça, comme un virus ou un cancer. Ce n'est donc pas sa faute. À vrai dire, je crois que c'est sans doute à cause de moi que les choses se sont aggravées à ce point. Quand j'ai remarqué qu'un truc clochait, je n'ai rien dit à mes parents et je ne lui ai pas demandé ce qui n'allait pas. Je ne lui ai pas suffisamment parlé. Je n'en ai pas fait assez.

Mais ce n'est pas mes sentiments dont il est question. Il n'est même pas question de mes parents. Noël est une période stressante pour les personnes souffrant de troubles alimentaires étant donné que la nourriture est un élément important de la journée, et je sais que Charlie est angoissé à ce sujet. Il a stressé toute la semaine, s'est disputé avec maman presque tous les jours et est resté cloîtré dans sa chambre.

Alors, aujourd'hui, l'important est de soutenir Charlie.

Je prends mon portable, j'ignore les notifications et j'écris à Becky, ma meilleure amie.

Tori Spring

(06 : 16) JOYEUX NOËL ! Sois contente de ne pas avoir de frères ni de sœurs. Je suis claquée. Oliver m'a attaquée avec un oreiller. Profite du sommeil. Salut. Bisous.

Maman et papa nous ont dit de ne pas les réveiller avant au moins 7 h 30. Il est 6 h 17, là. Je me lève et j'ouvre les rideaux pour trouver le monde encore plongé dans l'obscurité nimbée de jaune à cause des lampadaires. Je me laisse retomber dans mon lit, puis j'allume la radio. Pour une fois, ils diffusent un chant de Noël calme et pas *All I Want For Christmas Is You*. C'est sympa. Oliver tourne sur ma chaise de bureau alors que le chœur entonne *Silent Night*. Mes yeux se referment, Oliver est assis dans mon lit avec moi, la carte musicale posée sur une pile de vêtements, il est 6 h 29, 6 h 42, 6 h 55… Oliver joue avec mes cheveux, il parle des cadeaux qu'il aimerait avoir et se demande si le père Noël a mangé les biscuits que nous lui avons laissés, je marmonne quelque chose sans savoir quoi, je m'assoupis…

C'est alors que la porte de ma chambre s'ouvre à nouveau.

— … Victoria ?

Je me réveille pour la dixième fois. C'est Charlie, à peine visible dans la pénombre, sur le pas de la porte, en sweat Adidas bleu marine et bas de pyjama à carreaux. Il semble fatigué, mais il a le sourire.

— Tu es réveillée ?

— Non, je réponds. Je fais une expérience de sortie de corps. Je ne suis qu'un fantôme.

Charlie glousse et entre dans ma chambre. Je me tourne vers Oliver, qui s'est endormi contre mon épaule, et je lui donne un petit coup de coude. Il se réveille d'un bond et aperçoit Charlie.

— CHARLIE EST LÀ ! hurle-t-il avant de descendre du lit pour aller s'écraser comme une balle contre ses jambes, manquant de le faire tomber.

Charlie rit et porte Oliver comme un bébé, ce qu'il fait au moins une fois par jour, à sa grande hilarité.

— Wouah, tu es super réveillé, pas vrai ?

— On peut descendre, maintenant ?

Charlie porte Oliver vers mon lit.

— Non, maman a dit sept heures et demie.

— Rooooh…

Oliver gigote dans les bras de Charlie avant de tomber près de moi pour se blottir sous la couette, puis Charlie s'assied à côté de lui, contre la tête de lit.

— Pfft. Les petits frères sont agaçants, je dis avec un demi-sourire en me pelotonnant sous la couette à mon tour. Vous ne pouviez pas rester dans vos lits ?

— C'est notre devoir, sourit Charlie. Tu écoutes Radio 4 ? C'est quoi cette musique d'église ?

— Je ne pense pas pouvoir supporter Mariah Carey à cette heure.

Charlie rit.

— Moi non plus.

Comme Oliver, ses cheveux rebiquent sur son front. Il a des cercles violets sous les yeux, et je n'arrive plus à me rappeler à quoi il ressemble sans. À part ça, il a presque l'air normal, longiligne et doux.

— J'ai à peine dormi deux heures, j'annonce.

— Pareil, répond-il.

Mais je pense que les raisons de son manque de sommeil sont différentes des miennes.

— Vous avez reçu combien de cadeaux du père Noël quand vous aviez sept ans ? demande Oliver, désormais debout sur mon lit à piétiner la couette.

Charlie et moi rions.

— À sept ans, sept cadeaux, déclare Charlie sans hésiter. Un pour chaque année vécue.

— Alors... quand j'aurai quatre-vingts ans, j'aurai quatre-vingts cadeaux ?

Charlie pousse gentiment Oliver qui bascule avec un grand sourire.

— Seulement si tu as été sage !

— J'ai trop hâte d'avoir quatre-vingts ans, ajoute Oliver.

— Moi aussi, répond Charlie.

C'est bon d'être à nouveau ensemble. C'était bizarre quand c'était juste Oliver, maman, papa et moi. Oliver est encore trop jeune pour vraiment discuter, et ce n'est pas que je déteste mes parents ou quoi, mais je ne suis pas non plus particulièrement sympa avec eux. Maman a le don d'éviter d'aborder tout ce qui semble un tant soit peu profond ou émotionnel. Papa est pareil, mais il compense en parlant tout le temps de livres. Nous nous entendons tous bien, pourtant j'ai l'impression que nous ne parlons jamais de quoi que ce soit d'important.

Ils n'aiment toujours pas parler ouvertement du trouble alimentaire de Charlie, alors qu'il suit un traitement désormais. Je pensais que tout allait changer, que nous allions nous montrer plus ouverts à propos de nos sentiments et de ce genre de trucs.

Mais non.

— Tu t'imagines très vieux ? demande Charlie en prenant la voix d'un vieillard.

Et Oliver glousse, se frayant un passage pour nous rejoindre contre la tête de lit. Le sourire de Charlie est contagieux.

Ils commencent à jouer à « Je vois ». Ça va être une journée difficile pour tout le monde, mais j'imagine que tout le monde a des journées difficiles. J'ai toujours pensé qu'il valait mieux que les choses soient difficiles plutôt qu'ennuyeuses, mais j'avais tort. Il y a eu des tas de journées difficiles ces derniers mois. Il y a eu trop de journées difficiles.

— Joyeux Noël, lance Charlie sans prévenir.

Il se penche vers Oliver et appuie sa tête contre la mienne. Je me penche un peu aussi, ma joue contre son épaule. La radio est encore allumée. Je crois que le soleil se lève, ou c'est peut-être seulement les lampadaires. Je ne vais pas penser à ces derniers mois, à Charlie et moi, à toute cette tristesse. Je vais tout oublier. Rien qu'aujourd'hui.

— Joyeux Noël, je réponds.

Je tente de ne pas me rendormir, mais je m'assoupis quand même, le rire d'Oliver dans les oreilles.

★

Il est midi moins dix et Charlie et moi sommes encore en pyjama, assis sur le canapé, à jouer à la nouvelle édition de Mario Kart. C'était un cadeau pour Oliver, mais il est trop occupé par le très grand nombre de tracteurs qu'il a reçu.

Mes parents m'ont offert un nouvel ordinateur portable et Charlie a reçu un nouveau téléphone – ce que nous avions demandé. Ils ne font pas vraiment de cadeaux surprise. Et, bien que Charlie et moi n'ayons jamais vraiment fait d'efforts pour les cadeaux jusqu'à présent, cette année, je lui ai pris une enceinte Bluetooth pour sa chambre, et il m'a offert une housse pour ordinateur Mercredi Addams. Je crois que nous nous connaissons mieux que nous le pensions.

— C'est moi ou cette version est bien plus difficile que l'ancienne ? je demande à Charlie.

Il tente de faire une embardée avec Bébé Mario dans un virage mais il finit par tomber d'une falaise.

— C'est carrément plus difficile. J'étais plutôt *doué* avant.

Je fonce dans un arbre avec Bowser et j'atterris à la dernière place.

— Tu crois qu'on devrait tenter la route arc-en-ciel ?

— Je sais pas. J'ignore si mon amour-propre peut supporter ça.

— Oh.

Il étouffe un rire.

— Trop honnête ?

— Peut-être, je dis avec un petit sourire en coin.

— Les enfants ?

Maman entre dans la pièce. Elle porte sa robe de Noël – un truc violet plutôt joli, en fait – et elle a bouclé ses cheveux. Elle nous force toujours à bien nous habiller pour Noël, comme si nous étions censés faire autre chose que nous vautrer sur le canapé pendant douze heures. Elle lève un sourcil.

— Vous allez bientôt vous préparer ?

Comme Charlie garde le silence, je réponds :

— Ouais, dans une minute.

— Ne tardez pas trop. Tout le monde arrive dans trente minutes.

— Ouais, on finit juste ce niveau.

Maman repart. Je jette un coup d'œil à Charlie, qui n'a pas détourné les yeux de l'écran. Je ne pense pas qu'ils se soient disputés aujourd'hui, mais je sens qu'il ne manque pas grand-chose. Honnêtement, maman m'agace un peu. Elle se montre vraiment sèche depuis que Charlie est rentré, ce qui n'aide pas. Si elle lui parlait avec tact – en lui demandant comment il se sent, par exemple –, peut-être que Charlie accepterait de s'ouvrir à elle.

— Comment tu te sens par rapport à cette journée ? je demande.

Je ne veux pas parler du repas de Noël. Charlie et papa ont préparé un menu pour que Charlie se sente prêt, mais j'ai lu sur le net que parler tout le temps de nourriture à Charlie le rendait encore plus mal.

— Je vais bien, répond-il.

Je me dis que nous ferions peut-être mieux de ne pas aborder le sujet.

Nous arrivons à la fin du niveau, et je lance :

— Il faut qu'on fasse la route arc-en-ciel avant de nous changer.

— Vraiment ? Tu crois que tu vas pouvoir supporter un tel fiasco ?

— On ne sait jamais. Je pourrais être douée.

Charlie se moque de moi.

— On va bien voir.

★

Je finis par mettre la seule jupe en ma possession, qui est grise, avec un chemisier et un gilet zippé. Je fais rarement des efforts vestimentaires, vu que je suis la personne la plus asociale de toute la Terre, alors j'en profite pour me coiffer, ce qui est sans doute une première depuis le début des vacances. Un bon point pour moi.

Les membres de la famille commencent à arriver, et Charlie et moi sommes « chargés de l'accueil », ce qui implique plus d'embrassades que je ne le souhaiterais. Grand-père et grand-mère arrivent les premiers, grand-père grommelant à cause de sa voiture et grand-mère nous lançant un regard d'excuses. Puis vient le tour de nos grands-parents espagnols. Ils sont arrivés de Mojácar la semaine dernière pour passer du temps avec la famille d'oncle Ant, et Charlie tient un semblant de conversation en espagnol avec *abuelo* pendant que mamie se lance dans une longue complainte à propos de mes cheveux que j'ai coupés en grande partie cet été.

Ils sont accompagnés du frère de papa et de sa famille – oncle Ant, tante Julie, et nos trois cousines : Clara, étudiante vétérinaire de vingt ans ; Esther, qui a mon âge ; et Rosanna, douze ans, qui ne semble jamais cesser de parler. Ensuite, nous accueillons la sœur de maman, tante Wendy, des personnes plus âgées dont j'ignore les liens de parenté avec nous, la sœur de papa, Sofia, son mari Omar et leur nouveau-né – la maison est bondée. Avec un peu de chance, je pourrai m'éclipser dans ma chambre un peu plus tard.

Nous ne voyons nos cousines que quelques fois par an mais, ces dernières années, le fait qu'elles soient très différentes de Charlie et moi m'a sauté aux yeux. Principalement parce qu'elles semblent déterminées à se montrer amicales et amusantes tout le temps.

— Charlie, mon chou... lance Clara à l'autre bout de la table des enfants une fois le repas de Noël commencé. (Clara a l'air classe quoi qu'elle porte, et elle a eu le droit de venir au repas de Noël en jean, ce qui m'agace énormément. Elle pointe sa fourchette vers Charlie qui se tient à ma gauche.) Il faut que tu nous parles de ton nouveau petit ami.

Esther se redresse en entendant ça, les yeux rivés sur Charlie derrière ses lunettes. En général, Esther ne nous parle pas autant que Clara et Rosanna mais, d'après ce que j'ai vu sur son Twitter, il se peut qu'elle ne soit pas hétéro. Elle s'intéresse donc toujours à la vie amoureuse de Charlie, étant donné qu'il est la seule personne ouvertement gay de la famille.

Charlie s'agite sur sa chaise. Il porte un jean noir et il n'a pas quitté le sweat Adidas bleu marine qui, je le comprends soudain, appartient à Nick. Je pense qu'il a choisi cette tenue uniquement pour contrarier maman.

Sûre d'elle, Clara avale une bouchée de pomme de terre.

— Comment s'appelle-t-il ?

— Nick.

Sa voix est un peu hésitante. Il ne s'attendait sans doute pas à un interrogatoire en plus de tous les autres problèmes liés au repas.

— Ça fait longtemps que vous sortez ensemble ?

— Euh… huit mois.

— Oh ! Ce n'est pas vraiment nouveau, alors ! rit Clara.

Charlie tripote les manches de son sweat.

— Haha… non…

Clara ne se rend visiblement pas compte qu'elle met Charlie mal à l'aise. Il n'arrête pas de regarder en direction de grand-mère et de grand-père, pour s'assurer qu'ils n'entendent rien depuis leur table. Charlie ne veut pas encore leur faire son coming out parce que nous craignons qu'ils soient homophobes. C'est le cas de nombreuses personnes âgées, malheureusement.

— Et vous vous êtes rencontrés au bahut, c'est ça ?

J'aimerais que Clara la ferme. Ce ne sont pas ses oignons.

— Ouais. (Charlie se force à rire.) C'est oncle Ant qui t'a raconté tout ça ou...

— Ah, ouais, tu sais comment il est.

Esther regarde attentivement Charlie. Rosanna tente de tresser les cheveux d'Oliver, ce qui a le don de l'agacer.

Clara continue :

— Tu devrais *trop* l'amener chez nous demain.

Esther croise son regard en souriant.

— Oh mais *oui*.

Nous allons chez elles tous les ans le 26 décembre, et les partenaires sont toujours les bienvenus. Mais ce n'est pas comme si Charlie et moi avions déjà eu quelqu'un à amener étant donné qu'il ne sort avec Nick que depuis avril et que je n'aime pas la plupart des gens.

Charlie sourit, mal à l'aise.

— Oh, je crois qu'il a un truc de prévu avec sa famille, demain.

Clara fait la moue.

— Oh, c'est dommage. (Et c'est alors que son regard perçant se pose sur moi.) Et toi, Tori ? Des hommes charmants dans ta vie ?

Je lutte pour retenir un rire hystérique.

— Euh. Non. Haha. Non.

Clara rit à ma place.

— Oh, tu ne manques pas grand-chose, promis. Il n'y a rien de pire que les garçons hétéros. (Elle pointe sa fourchette vers Oliver.) Espérons que celui-là tourne mieux.

— Il peut ne pas être hétéro, suggère finalement Esther.

La ressemblance entre sa voix et celle de Clara est saisissante, mais je crois que je préfère Esther. Nous avons eu des discussions correctes à propos de *Doctor Who*.

— Tu as trop raison, confirme Clara, appuyée sur une main, regardant Oliver comme si c'était un nouveau-né. Charlie, quand as-tu su que tu étais gay ?

Les yeux de Charlie s'écarquillent de peur à la perspective de devoir se lancer dans cette conversation mais, par chance, papa apparaît à cet instant au bout de la table, portant toujours son tablier par-dessus sa chemise et son gilet ; une couronne de papillotes pendouillant dangereusement au sommet de son crâne.

MIAM
MASTIQUE
MASTIQUE

— Comment ça se passe, par ici ? demande-t-il en regardant directement Charlie et en posant une main sur son épaule. Tout le monde va bien ?

Pour la première fois, je jette un œil à l'assiette de Charlie. Il semble avoir mangé un peu, ce qui est bon signe étant donné qu'il n'aimait déjà pas vraiment les rôtis *avant* son trouble alimentaire. Cependant, même si c'est bien que papa prenne des nouvelles, il attire l'attention de tout le monde sur Charlie, ce qui est plus ou moins la dernière chose dont Charlie a envie.

— Ça va, je m'empresse de répondre.

Papa croise mon regard et me fait un petit signe de tête.

— Ça marche. Dites-moi s'il vous faut plus de boissons.

Il retourne à sa table.

Charlie se tourne vers moi et chuchote :

— Il est tellement lourd.

Je n'ai pas vraiment envie de le dire, mais je le fais quand même.

— Je crois qu'il est seulement inquiet.

Charlie roule les yeux.

— Je ne peux pas juste avoir un repas norm…

Mais sa voix se meurt et il se remet à fixer son assiette.

★

Il ne dit pas grand-chose de plus de tout le repas, ce qui signifie que je dois supporter une horrible séance de questions-réponses de la part de Rosanna à propos de tous mes amis de lycée, puis d'Esther qui veut savoir quelles émissions je regarde, et enfin de Clara qui se lance dans le « alors, tu penses faire quoi à la fac ? », ce à quoi je réponds simplement par « rien ».

Charlie n'arrête pas de sortir son portable pour envoyer des textos sous la table, ce qui commence à me soûler, mais je n'ai pas vraiment envie d'être sur son dos, vu que tous les membres de cette famille s'en chargent déjà.

Je réussis à échapper au trio de cousines après le repas et, comme je suis tranquillement assise sur le canapé, je regarde mon portable.

Becky Allen

(11 : 07) Xptdr ! Je suis tellement contente d'être fille unique

(11 : 09) JOYEUX NOËL, ESPÈCE D'INSOMNIAQUE !

(11 : 10) Jtm. Bisous

(12 : 22) Papa m'a offert le dernier *Call of Duty*. À plus dans ma prochaine vie

(14 : 01) Maman est déjà trop bourrée. Ta famille peut m'adopter ?

(14 : 54) MAMAN DANSE SUR UNE CHAISE

(14 : 59) #SauvezBecky

— D'ailleurs, Charlie, comment te sens-tu ?

La voix d'oncle Ant détourne mon attention de mon portable. Oncle Ant ressemble énormément à Clara – à fond sur les potins, très fort pour parler de trucs profonds, super agaçant en général. Il est assis sur une chaise à l'autre bout de la pièce, face à Charlie qui se trouve à côté de moi sur le canapé.

— Euh... (Charlie écarquille les yeux alors qu'il cherche quoi répondre.) Je vais bien, merci.

— C'est super que tu aies pu rentrer pour Noël. Je n'imagine même pas à quoi les fêtes doivent ressembler dans un endroit pareil.

La tension autour de nous devient palpable. Par chance, les grands-parents ont leur propre conversation sur l'autre canapé et maman et papa ne sont pas dans la pièce ; mais oncle Ant, tante Julie, nos cousines et d'autres membres de la famille sont désormais tous focalisés sur Charlie. Il serre les poings.

— En fait, tout était décoré pour Noël, répond-il. Et ça m'a vraiment beaucoup aidé.

Je déteste la façon dont les gens réagissent en apprenant que Charlie a été interné quelques semaines. Comme si c'était la chose la plus effroyable qu'ils aient jamais entendue. C'est parce qu'ils pensent automatiquement *asile* et *gens tarés* au lieu de *traitement*, *rémission* et *apprendre à gérer un trouble alimentaire*.

Ne vous méprenez pas – j'ai lu sur le net que les établissements psychiatriques ne sont pas *toujours* de super endroits, s'ils ont un personnel de merde ou qu'ils n'ont pas les moyens. Mais celui dans lequel est allé Charlie l'a bien plus aidé que tout ce que maman, papa et moi aurions pu faire. Il avait toute une équipe d'experts pour l'aider à comprendre ses sentiments et commencer à se rétablir sans le lycée pour le distraire ou lui mettre la pression.

Franchement, aller dans un tel établissement a sans doute sauvé la vie de Charlie.

Malheureusement, le temps que je trouve comment dire tout cela à oncle Ant, il a continué de déblatérer ses conneries.

— Oh, je n'en doute pas, poursuit oncle Ant. Mais on entend de telles horreurs à ce sujet, pas vrai ? Les murs blancs, les camisoles de force, et tout ça.

Tante Julie rit en donnant une petite tape sur le bras d'oncle Ant.

— Oh, arrête, Antonio ! Aucun asile n'est vraiment comme ça.

— Hôpital psychiatrique, je la corrige.

Elle se racle la gorge.

— Oui. (Elle décoche un grand sourire à Charlie.) Nous sommes *tous* très contents que Charlie aille mieux et qu'il soit de retour parmi nous, n'est-ce pas ?

— Absolument, confirme oncle Ant.

Encore une chose qu'ils ne pigent pas. Ils croient que les troubles alimentaires et les maladies mentales peuvent *se régler* d'un coup de baguette magique. Ils ne comprennent pas que c'est un processus. Que ça prend du temps, un traitement, des efforts, de bons et de mauvais jours.

— Merci, répond Charlie, mais il semble sur le point de vomir.

— Et toi, Tori, comment vas-tu ? demande tante Julie. Comment se passe la première ?

Je me mets à réciter la réponse classique à cette question (« Ça va / c'est plus dur que la seconde / c'est chouette de ne plus avoir EPS ») et pendant que je parle, Charlie quitte la pièce. Je m'excuse et je le suis à la première occasion, en m'efforçant de ne pas détester Ant et Julie. Je suis sidérée que les gens puissent dire des trucs pareils. Que les gens ne connaissent absolument rien à rien.

Je remonte le couloir mais, alors que je m'apprête à entrer dans la cuisine, je vois maman et Charlie, face à face, comme s'ils étaient en pleine dispute.

— Veux-tu en parler, oui ou non ? Tu te montres vraiment immature, Charlie.

— En quoi je suis immature ?

— Tu te comportes comme un bébé en quête permanente d'attention.

— Je ne veux pas attirer l'attention, pu... C'est ça le *problème*.

Maman retire vivement ses gants de vaisselle.

— Écoute, tout le monde a conscience que c'est un Noël *difficile* pour toi, mais tu pourrais au moins reconnaître que nous faisons de notre mieux.

— *De votre mieux* ? Vous voulez quoi, une putain de médaille ?

— *Surveille ton langage.*

— La moitié du temps, vous refusez de reconnaître que j'ai une putain de maladie mentale, et le reste du temps, vous faites tout ce que vous pouvez pour me faire sentir que vous regrettez de m'avoir pour enfant !

Et c'est là que maman craque.

— VA-T'EN ! (Elle désigne la porte.) Je… *va-t'en.*

Charlie ne dit absolument rien. Il se retourne, quitte la pièce et tombe nez à nez avec moi. Maman a disparu et Charlie se tient là, à me regarder.

— Je vais chez Nick, annonce-t-il d'une voix qui se veut calme.

— Oh, je réponds.

Il commence à mettre ses chaussures.

— Ne t'en va pas, je dis.

— Je ne… (Il se relève.) Je ne supporte pas… (Il fait un geste en direction du salon et de la cuisine.) tout ça.

— Mais c'est Noël, j'insiste.

— Soyons francs, poursuit-il comme s'il ne m'avait pas entendue, je suis le vilain petit canard de cette famille, de toute façon.

— C'est faux.

Il arrive dans le vestibule où il prend son manteau et le sac avec les cadeaux pour Nick.

— Cet hiver a vraiment été pire que tout.

Il attrape une clé et ouvre la porte. Il pleut. Le froid entre à l'intérieur.

J'ai envie de pleurer. J'ai envie de l'empêcher de partir.

— Tu ne pourrais pas au moins passer Noël avec moi ? je demande.

Il se retourne. Les yeux humides.

— Qu'est-ce que ça veut dire ?

— Tu passes tout ton temps avec Nick, de toute façon.

Il se met à hurler.

— C'est parce qu'il ne me traite pas comme un putain de malade mental !

Je reste presque immobile.

— Moi non plus… dis-je, mais ma voix se perd.

— Désolé, ajoute-t-il, mais il est déjà sur le départ. À tout à l'heure.

La porte se referme sans que je bouge.

J'observe ma jupe grise ; j'aimerais vraiment être en jean. J'ai l'impression de ne pas être moi-même. Je constate que je porte toujours ma couronne. Je l'enlève et la déchire en mille morceaux.

J'aurais sans doute dû le voir venir.

Il se montre injuste, mais je n'ai aucun droit de lui en vouloir.

Je retourne à la cuisine. Maman fait toujours la vaisselle. Je m'avance vers elle et son visage semble de marbre. Ou de glace, peut-être. Il y a un silence, puis elle dit :

— Tu sais, je fais vraiment de mon mieux.

Je le sais bien, mais ça reste insuffisant, et il ne devrait pas être question de *ses* sentiments. Je sors de la cuisine et je m'assieds dans l'escalier.

Oliver passe à côté de moi en courant avec un de ses nouveaux tracteurs.

Je vais dans le vestibule et j'ouvre la porte pour voir si Charlie est assis sur le trottoir au bout de notre allée. Mais non. D'habitude, l'hiver est ma saison préférée, pourtant Charlie a raison... Cet hiver a été pire que tout. Je m'assieds, mes pieds dépassent du cadre de la porte. Il y a des illuminations devant une maison de l'autre côté de la rue, mais plus je les regarde, plus elles semblent faiblir. On ne dirait pas que c'est Noël.

Je crois que je fais de mon mieux, moi aussi. Je passe chaque repas avec lui. Je lui demande chaque jour comment il va et, parfois, il me répond. Je suis devenue son amie en plus d'être sa sœur.

Non pas que ça compte. Ce n'est pas moi qui compte. C'est *lui*.

Une voiture passe devant chez moi. Il fait plutôt sombre à présent. Sombre, froid et pluvieux. Je me dis que c'est agréable, puis j'en ris. Depuis quand c'est ce que je préfère ?

Charles Francis Spring,

15 ans

Charlie

Nick Nelson

(00 : 01) Joyeux Noël, toi ! Bisous

Charlie Spring

(00 : 02) Joyeux Noël ! Bisous ! Je t'aime trop

Nick Nelson

(00 : 02) Au lit, petit chenapan

(00 : 03) (Je t'aime trop aussi. Bisous)

★

Charlie Spring

(06 : 31) Oliver est en train de réveiller Victoria avec la carte musicale de Noël que je lui ai achetée hahahahahaha

(06 : 32) Je sais pas pourquoi je ris, je suis réveillé aussi

(06 : 32) Tel est pris qui croyait prendre

Nick Nelson

(10 : 40) HAHAHA.

(10 : 40) Ça doit être la première fois que je me lève aussi tard le jour de Noël

★

Charlie Spring

(13 : 23) QUAND EST-CE QUE TU REÇOIS TON NOUVEAU CHIOT ?

Nick Nelson

(13 : 30) MA MAMIE VIENT DE L'APPORTER !!!!!!!!!!

C'EST UN CARLIN

Charlie Spring

(13 : 31) HURLE

Nick Nelson

(13 : 32) JE FONDS

(13 : 34)

Charlie Spring

(13 : 35) Trop injuste

Nick Nelson

(13 : 36) Raison de plus pour passer plus tard...

Charlie Spring

(13 : 37) Là, je viendrai juste pour le carlin

Nick Nelson

(13 : 38) Arrête de m'envoyer des textos, loser. Sociabilise.

Charlie Spring

(13 : 38) :-(

Nick Nelson

(13 : 39) <3

Charlie Spring

(13 : 51) Les chiens c'est pour la vie

(13 : 51) Pas seulement pour Noël

Nick Nelson

(13 : 53) Les chiens c'est la vie

Charlie Spring

(13 : 54) Les balles c'est la vie

Nick Nelson

(13 : 55) C'est ce qu'a dit Henry le carlin.

Charlie Spring

(13 : 56) Tu l'as appelé HENRY

Nick Nelson

(13 : 57) Ouaip !!!

Charlie Spring

(13 : 57) C'est un nom de train, pas de chien

Nick Nelson

(13 : 58) Tu as encore regardé Thomas et ses amis avec Oliver ?

Charlie Spring

(13 : 58) Possible

Nick Nelson

(13 : 59) Geek

Charlie Spring

(13 : 59) T'aimes ça

Nick Nelson

(14 : 00) Ouais, ton intérêt pour les trains m'excite carrément

Charlie Spring

(14 : 01) j'ai fait une capture d'écran pour plus tard

Nick Nelson

(14 : 02) VA SOCIABILISER GROS TARÉ DES TRAINS

★

Charlie Spring

(15 : 14) Hé ! Je peux venir plus tôt que prévu ?

Nick Nelson

(15 : 17) Ouais bien sûr, qu'est-ce qui se passe ??? Tu vas bien ?

Charlie Spring

(15 : 23) Ouais, c'est juste ma famille qui m'énerve un peu

(15 : 24) Je suis l'étrange cousin gay avec une maladie mentale

Nick Nelson

(15 : 25) Oh, Char :-(Tu veux pas juste rester avec Tori un moment ?

Charlie Spring

(15 : 29) Elle peut pas vraiment m'aider, en fait

(15 : 34) Je peux venir plus tard si t'es occupé

Nick Nelson

(15 : 35) On est occupés mais sérieux j'ai besoin d'une pause. Sans dec c'est le chaos dans cette maison !!!

(15 : 36) Maman a descendu deux bouteilles de merlot et mis l'album de Noël de Michael Bublé. Il y a des vieux qui dansent dans le séjour

(15 : 36) Viens quand tu veux, j'ai besoin de rompre avec la folie ambiante. Bisous

Charlie Spring

(15 : 37) OK. Je pars bientôt. Bisous

Nick Nelson

(15 : 38) Mais ça va ? <3

Charlie Spring

(15 : 39) Je vais bien <3

J'ai bien conscience que c'est ma faute si ma famille m'en veut, alors je me dis que le meilleur moyen d'arranger les choses est de partir pour de bon.

Habituellement, je suis carrément pour « arranger les choses » quand j'ai un problème, mais je crois que c'est une de ces choses que je ne peux tout simplement pas arranger. Il y en a eu des tas ces derniers temps.

Je sais bien que je suis un sale hypocrite. Je me plains tout le temps que les gens s'apitoient sur mon sort, mais j'arrive quand même à être le plus dramatique possible en m'enfuyant chez mon copain le jour de Noël pour tenter de ne pas fondre en larmes ou de ne pas gâcher la fête de tout le monde. Qu'est-ce que les gens sont censés faire quand j'agis comme ça ? Super moyen d'être à la hauteur de mon statut de « personne tarée ».

Je sais que Tori fait de son mieux pour m'aider. Je me sens un peu mal de l'avoir plantée comme ça. De tous les membres de ma famille, c'est sans doute celle qui m'a le plus aidé, et je l'apprécie vraiment. Elle n'est pas tout le temps sur mon dos et elle n'évite pas le sujet, contrairement à mes parents qui sont passés pros dans le domaine. Victoria va droit au but quand c'est nécessaire, mais elle ne me force pas à parler si je n'en ai pas envie. Je ne me sens pas comme un taré quand je discute avec elle.

Ouais. Désolé. Mon thérapeute, Geoff, a dit que je ne devais pas me traiter de « taré ». Ou de « fou ». Parce que je ne suis rien de tout ça. Je le sais. Je crois que parfois ça fait du bien d'exagérer.

Je *vais* beaucoup mieux. Sans mentir. Je comprends que « passer quelques semaines en établissement psychiatrique » puisse sembler être la chose la plus horrible au monde pour certains. J'ai dû entendre des histoires atroces à propos de certains endroits qui traitent très mal leurs patients. Mais dans mon cas, c'est exactement ce dont j'avais besoin. J'ai pu commencer une thérapie dans les règles. J'ai pu rencontrer d'autres personnes de mon âge qui souffrent de troubles alimentaires. Une équipe m'a été assignée pour m'aider à me remettre.

Et ça m'a permis de comprendre que mes *stratégies* d'adaptation – la sélectivité alimentaire, l'automutilation, et mes autres compulsions – ne sont rien de plus que des stratégies d'adaptation. L'idée n'est pas de m'empêcher de faire ces choses, mais de comprendre *pourquoi* je ressens ces besoins. Les trucs émotionnels derrière tout ça.

Même s'il y a des bons et des mauvais jours, je *peux* aller mieux.

Sérieux. On dirait Geoff, là.

Et je crois qu'aujourd'hui s'avère être un des mauvais jours.

★

Nick vit dans une maison individuelle à quelques rues de chez moi. Il m'a dit que sa famille organise toujours des fêtes de Noël gigantesques avec une centaine de personnes et il ne plaisantait pas. La porte d'entrée est ouverte, des voix retentissent de chaque fenêtre, il y a

des lumières vives qui clignotent depuis le séjour, et je sens les basses vibrer sous mes pieds. C'est un miracle que les voisins n'aient pas appelé la police.

Comme c'est notre premier Noël en tant que couple, je comptais de toute façon passer dans la soirée, une fois que la plupart des membres de ma famille auraient succombé à un petit somme alcoolisé, mais me voilà déjà, à seulement quatre heures de l'après-midi.

Charlie Spring

(16 : 02) Je suis là !

J'attends sur le pas de la porte. Ce serait sûrement un peu bizarre d'entrer comme ça, et je doute que quelqu'un entende la sonnette. Par chance, Nick arrive rapidement dans l'entrée.

Il me regarde quelques secondes avant de tendre les bras.

— Tu n'as pas pris de parapluie ?

Je jette un regard vers le ciel. Je n'avais même pas remarqué qu'il pleuvait, mais en baissant les yeux, je constate que mes vêtements sont complètement trempés.

— Oh, je commente en relevant la tête vers lui.

— Hé, dit-il avec un grand sourire.

Depuis que Nick et moi avons commencé à sortir ensemble en avril, il s'est passé tellement de trucs merdiques. Mais malgré tout – la voix du trouble alimentaire qui a gagné en puissance durant l'été, la rechute dans l'automutilation à l'automne –, Nick est resté à mon côté et a tenté de me soutenir autant que possible.

Au départ, j'avais peur de lui parler de mes histoires de santé mentale. Je pensais qu'il ne voudrait peut-être plus sortir avec moi s'il savait. Mais, en réalité, parler ouvertement de ces choses a renforcé notre couple.

Je sais que de nombreuses personnes pensent que les relations adolescentes ne durent pas, ou qu'elles ne sont pas aussi « profondes » que celles des adultes, mais Nick et moi ? Je crois que nous avons un truc différent.

Un truc génial.

— Salut, je réponds en entrant.

Il referme la porte et se tourne vers moi, son sourire a disparu. Il écarte une mèche de cheveux trempés de mes yeux.

— Tu as une sale tête, Charles.

Je laisse mon front retomber contre son épaule.

— Ouaip.

Ses bras m'entourent instantanément, et je lève les miens pour le serrer contre moi ; il pose sa tête contre la mienne, ses cheveux caressent mon oreille, et il m'attire contre lui. Nous restons ainsi, dans le froid, rien que quelques minutes sans rien dire, sans bouger, puis il murmure :

— Tu vas bien ?

Et je fonds en larmes, ce qui arrive toujours quand on me pose cette question. Je n'ai vraiment pas envie qu'il me voie pleurer, parce que c'est déjà arrivé bien trop souvent ces derniers temps et que c'est Noël. Alors je fais des efforts surhumains pour ne pas m'écarter de son épaule, mais ça ne l'empêche pas de remarquer. Quand il se recule, les larmes ruissellent sur mon visage.

— Désolé, j'ai juste… je me suis simplement disputé avec ma mère, j'explique en tentant de faire croire que je vais bien, sans succès.

Nick m'observe un moment avec inquiétude. Puis il tire un mouchoir en tissu de la poche arrière de son pantalon. Le fait que Nick aie un mouchoir est tellement ridicule que je me mets à pouffer de rire, ce qui le fait sourire et hausser un sourcil, et j'arrête vraiment de pleurer alors qu'il m'essuie méthodiquement les joues.

— Pourquoi tu as un mouchoir en tissu ? je demande.

Le visage de Nick se fend d'un large sourire tandis qu'il me frotte toujours le visage.

— Avoir un mouchoir en tissu, c'est tendance.

— Oh. Je n'ai pas suivi les tendances actuelles !

Nick éclate de rire. C'est tellement beau avec le son de la pluie et les basses de la musique indéterminée du salon.

— Bon, *peut-être* que c'est un cadeau de Noël et que je l'ai mis dans ma poche rien que pour montrer à ma mamie que j'allais m'en servir. (Il le remet dans sa poche, puis prend mon visage dans ses mains.) Et qui l'eût cru ? Je m'en *suis* servi.

Je lui souris, ses paumes sont si chaudes contre ma peau.

— Peut-être que ta mamie me connaît mieux que toi.

— Est-ce que tu sous-entends que tu veux sortir avec ma mamie ?

— Non. Pour tellement de raisons…

— Bien. (Il me serre à nouveau contre lui, ses bras autour de ma taille.) J'ai cru que j'avais de la concurrence pendant un moment.

— Tu n'as aucune concurrence, je réponds en remontant mes mains sur ses épaules, avec l'envie de rester sous le porche avec lui pour toujours, de vivre dans le froid avec la pluie qui tombe près de nous, de nous faire un lit avec les manteaux et un feu avec le portemanteau.

— Enfoiré de petit charmeur, dit-il en se penchant avec un sourire.

Et je lui donne un baiser qui dure bien plus longtemps que ce qu'aucun de nous n'avait prévu, mais tout est soudain bien trop agréable pour y mettre un terme. Je passe une main dans ses cheveux, il plaque mes hanches contre les siennes, et nos lèvres se caressent alors qu'il change de sens et, l'espace d'un instant, je sens vraiment que c'est Noël.

— Bon, j'imagine que c'est ton petit ami.

Nick et moi nous séparons d'un coup et découvrons que nous avons attiré un public composé d'au moins sept membres de sa famille de tout âge.

— Tu nous présentes, mec ? poursuit le type qui a parlé, sans doute un oncle ou un cousin plus âgé.

— Oh, ouais, répond Nick encore un peu hébété.

Il vient se placer derrière moi et, les mains sur mes épaules, me pousse à entrer un peu plus dans sa maison, en direction de sa famille, qui semble se multiplier à mesure que de plus en plus de gens passent dans le couloir et remarquent mon arrivée.

— Alors, voici Charlie.

★

Durant une bonne demi-heure, je suis présenté à chaque membre de la famille de Nick. Apparemment, ils veulent tous me rencontrer. Tout ce qui en ressort, c'est « oh, alors c'est lui, Charlie ? », et personne ne pose de questions bizarres à propos d'hôpital ou de mon avis sur le repas de Noël, rien de tout ça. Je passe presque tout ce temps à porter le nouveau chiot de la famille Nelson, Henry, qui est le bébé carlin le plus petit et le plus pâle que j'aie jamais vu. Henry s'endort

dans mes bras et je tombe immédiatement sous son charme.

L'autre chien de Nick, un border collie du nom de Nellie, nous suit, cognant parfois sa truffe contre ma jambe. J'aimerais que mes parents me laissent avoir un animal.

La mère de Nick porte toujours sa couronne de Noël et, bien que je l'aie vue plusieurs fois depuis mon retour, elle me fait un câlin qui dure au moins dix secondes de plus que ce qui est socialement admis. Pourtant, ça ne me dérange pas.

Après ça, Nick m'entraîne dans sa chambre pour que je me change malgré mes protestations. Ça ne me gêne pas de garder mon jean trempé.

Alors que je me change, Nick se met à l'aise sur son grand lit double. Il a son jean habituel, mais il porte un pull rouge vif à motif de renne. C'est atroce et absolument hilarant.

— J'aime bien ton pull, je lance en défaisant ma ceinture. C'est très sexy.

Nick baisse les yeux comme s'il avait oublié ce qu'il portait.

— Oh, ouais, répond-il. Pas vrai ? (Il me regarde en agitant ses sourcils.) Trop séduisant.

J'attrape mon jean trempé au sol, je le lui lance en pleine figure et je ris alors qu'il roule de son lit dans une tentative dramatique pour le rattraper.

— J'aime *ton* pull, annonce-t-il en remontant sur son lit, un sourire aux lèvres. La personne qui l'a choisi a du goût.

Je suis momentanément confus avant de remarquer que je porte son sweat Adidas bleu marine.

Je l'ai « emprunté » quelques mois plus tôt et j'ai « oublié » de le rendre.

Écoutez, il n'y a rien de mieux que les sweats de son petit ami, OK ? Ils sont grands, confortables et en plus ils sentent bon.

— Oh, oups, je réponds.

Je m'inspecte dans le miroir. Le jean de Nick, similaire au mien, mais plusieurs tailles plus grand, me donne l'air ridicule. Je grogne.

— J'ai l'air de sortir d'un boys band des années 90.

Nick apparaît derrière moi. Il n'est pas vraiment beaucoup plus grand, juste plus *large*. Ce qui est super d'un point de vue, genre, esthétique. Mais pas pour se prêter des vêtements.

— Ben, c'était ça ou un jogging, et je te garantis que ma mère trouverait à redire si tu arrivais à notre fête de Noël en jogging.

— Je crois qu'un jogging me donnerait encore *plus* l'air d'un membre des Backstreet Boys.

— Y a rien qui va pas chez les Backstreet Boys.

Nick croise mon regard dans le miroir. Nous restons silencieux un moment, puis il me prend la main pour que je me tourne vers lui.

— Ça va ? demande-t-il. Tu veux en parler ?

Je sais que je devrais sans doute me lancer. Je devrais lui expliquer la dispute avec maman et toutes les disputes que nous avons eues ces dernières semaines. Je devrais lui expliquer à quel point c'est difficile de continuer à faire des efforts alors qu'il y a tant de gens qui refusent de voir comme c'est difficile. Je devrais lui expliquer que j'ai à peine fermé l'œil de la nuit à cause de l'angoisse du repas et, même si je m'en suis plutôt bien sorti, j'ai quand même eu l'impression que tout le monde me surveillait, attendait que je fasse de la merde et que je gâche la journée.

Mais c'est tellement plus simple de ne pas y penser.

— Je voulais juste… passer une bonne journée, je réponds, et je sens que j'ai à nouveau les larmes aux yeux.

— D'ac, dit-il en passant un bras autour de mes épaules et en me conduisant hors de sa chambre avant de m'embrasser sur le sommet du crâne. Alors, faisons ça.

★

— Oh, ça va, Charlie ?

Trente minutes plus tard, Nick est parti aux toilettes et je me retrouve soudain face à David – son frère aîné qui a quatre ans de plus que lui – alors que je bois un verre d'eau dans la cuisine.

David ne ressemble absolument pas à Nick, à l'exception des mêmes cheveux blond foncé. David est bien plus petit – plus petit que moi, en fait – et il se croit supérieur aux autres. Il va dans une université de bourges et traîne avec des tas de gars d'écoles privées qui font de l'aviron et portent des vestes matelassées. Il est connu pour se vanter de tromper ses petites amies.

Nick et David ne s'apprécient pas vraiment, et je ne pense pas que David m'apprécie beaucoup non plus. Quand Nick lui a annoncé qu'il était bisexuel, David a ri avant de lui répondre qu'il cachait simplement le fait qu'il était gay.

— Salut, je dis.

Il prend une bouteille de bière dans le réfrigérateur. Ce n'est clairement pas sa première.

— Alors, mec, t'es guéri et tout ? demande-t-il.

— Euh… (C'est peut-être la question la plus ridicule de la journée.) Ben, ça ne marche pas vraiment comme ça, mais je vais mieux, merci.

— Oh, bien joué.

Il boit une gorgée de bière et me fixe comme si j'étais une bête de foire.

— Comment tu vas ? je demande, uniquement parce qu'il n'y a rien d'autre à dire.

— Oh, je vais très bien, ouais, merci, répond-il. Tu sais, mec, la fac, l'aviron. Travailler dur, s'entraîner à fond.

— Cool.

— Alors, ça se passe comment pour toi, maintenant ? T'es autorisé à retourner en cours ?

Autorisé. Tout chez lui m'exaspère.

— J'y retourne au prochain trimestre, je réponds.

— Oh, bien, bien. (Il boit une autre gorgée de bière.) Bon, allez, j'suis super intéressé... C'est comment dans un hôpital psychiatrique ? Tu as rencontré quelqu'un de *vraiment* taré ?

Je garde le silence.

— Parce que, genre, poursuit-il, je regardais ce documentaire sur la schizophrénie l'autre jour, et c'est vraiment *atroce*, tu vois ? Tous ces trucs-là, parler tout seul et tout. Et ces gens qu'il faut enfermer pour les empêcher de se faire du mal, tu sais ?

Je resserre ma prise sur mon verre. Je pourrais partir, là, maintenant.

— En fait, je ne suis pas schizophrène. Et ce genre de documentaires sont faits pour choquer et dramatiser les maladies mentales, en particulier celles qui sont moins « acceptables socialement » comme la schizophrénie.

David cligne des yeux.

— Oh, ouais, mec, c'est clair. Mais t'as sûrement dû rencontrer des gens comme ça là-bas, non ?

— En fait, l'endroit où j'étais était principalement adapté aux personnes qui souffrent de troubles alimentaires, donc…

— Complètement *dingue*, pas vrai ? C'est trop triste.

— … Ouais.

— Putain, mec, ça a dû être trop horrible de ne rien vouloir manger. Ça a l'air naze.

Je ne dis rien.

— Est-ce que, genre, t'as déjà eu tellement faim que tu as *dû* manger quelque chose ? C'est un truc que je ne pige pas, genre, les gens qui arrêtent juste de manger et qui *meurent*, tu vois ?

C'est alors que Nick entre dans la pièce.

À en juger par son expression, il a visiblement entendu le dernier commentaire de David, et le regard de détresse intense que je lui lance n'aide sans doute pas.

— T'as fini d'interroger mon copain, David ? demande-t-il sans une once d'amabilité.

David fronce les sourcils avant de lever les mains.

— Mec, on discutait juste !

— Tu crois vraiment que Charlie a envie d'entendre tes opinions à la con le jour de *Noël* ? crache Nick, et ça fait un moment que je ne l'ai pas vu aussi en colère. Tu déconnes ?

David ricane. Il avale une gorgée de bière.

— C'est bon, c'est bon. On se détend.

— Putain.

Nick passe son bras autour de moi et nous entraîne dans le couloir. Une fois qu'on ne peut plus nous entendre, il fulmine :

— C'est vraiment un connard insensible.

— C'est pas grave.

— *Si*, c'est grave.

Nick a raison. Ça l'est. J'aurais dû mieux me défendre.

Mais j'en ai assez. J'en ai tellement marre de me défendre.

— Désolé, je marmonne. J'aurais dû… riposter.

Nick secoue la tête.

— Non, c'est lui qui devrait être désolé. Tu ne devrais pas avoir à débattre avec les gens à ce sujet.

Nick nous conduit jusqu'à l'alcôve près de la porte du garage. Il enlève son bras mais ses mains trouvent les miennes.

J'ai beaucoup parlé à Geoff des gens comme David. Ceux qui n'aident pas.

Quand les gens apprennent que vous avez une maladie mentale, la plupart préfèrent l'ignorer complètement ou vous traitent comme si vous étiez étrange, effrayant ou fascinant. Très peu de personnes sont réellement douées pour trouver le juste milieu.

Ce n'est pourtant pas difficile. Il suffit d'*être présent.* Aider en cas de besoin. Se montrer compréhensif même si on ne comprend pas tout.

— Merci, je dis en embrassant Nick tendrement.

Nick est bon pour trouver le juste milieu. Mes parents, pas vraiment, mais je sais qu'ils font des efforts et ils y arrivent de temps en temps. Ils sont meilleurs que David, ça, c'est clair.

Tori aussi est douée pour trouver le juste milieu. Peut-être que j'ai été trop dur avec elle tout à l'heure.

Nick et moi nous regardons un moment dans l'ombre de l'alcôve.

— Ça a vraiment été une journée pourrie, je finis par dire en laissant échapper un petit rire.

Nick sourit tristement.

— Ouais, j'en ai bien l'impression. (Il presse ma main.) Tu veux en parler ?

Je prends le temps d'y réfléchir.

— Peut-être un peu plus tard ?

Il presse à nouveau ma main.

— Ouais. Bien sûr.

— On peut aller câliner Henry ? J'ai l'impression de passer à côté d'un moment précieux en ne profitant pas du chiot.

Nick affiche un grand sourire.

— Excellente idée.

*

Quand Nick disait que c'était le chaos chez lui, il ne mentait pas. Après avoir joué avec Henry et Nellie, nous découvrons que le séjour s'est changé en boîte de nuit et qu'une course de voitures plutôt enflammée a lieu dans le couloir avec les chaussures des gens pour obstacles. Après avoir battu cinq fois Nick, nous nous retrouvons entraînés dans une partie de Monopoly, rapidement gâchée par Henry qui traverse le plateau au galop. S'ensuit un tournoi de Mario Kart avec les cousins plus âgés de Nick, que je gagne aussi. Apparemment, je suis doué pour les jeux de course.

Puis nous retournons dans la chambre de Nick pour échanger nos cadeaux. Je lui ai pris des trucs qu'il aime – un carnet de papier quadrillé et un stylo-plume, un objectif fisheye pour portable et une barre géante d'Oreo au lait. Nick m'a offert des écouteurs bien plus sophistiqués que mes écouteurs actuels qui sont cassés d'un côté. Et nous avons également échangé les cartes les plus mièvres possibles – la sienne est couverte de photos de nous, et j'ai dessiné partout sur la mienne.

Je l'embrasse après avoir lu la carte qu'il m'a donnée, il me rend mon baiser, et nous finissons par rester dans sa chambre pendant trente minutes.

Et soudain, il est dix-neuf heures, et nous sommes sur le canapé, *Doctor Who* en fond, mes jambes posées sur les siennes et sa tête sur mon épaule. Des enfants sont assis sur le tapis à construire un bateau pirate Lego pendant que la mère de Nick ainsi que divers oncles et tantes sont occupés à préparer le buffet pour le thé sur la table de la salle à manger.

Je suis sur le point de m'endormir quand j'entends la voix de Nick.

— Char, pour info, ton portable n'arrête pas de faire du bruit depuis cinq minutes.

— Oh.

Je me redresse un peu ; Nick fait de même, un sourire endormi sur le visage. Je tire mon portable de ma poche et je découvre l'écran couvert de textos non lus. Tous les messages viennent de Tori. Nick se penche pour les lire aussi.

Victoria Spring

(17 : 14) Hé ! Tu rentres quand ?

(17 : 32) STP réponds

(17 : 40) Dis-moi au moins quand tu rentres

(17 : 45) Maman et papa sont juste un peu contrariés. Je pense pas qu'ils vont te crier dessus

(18 : 03) Je crois que maman est désolée, en fait

(18 : 17) Oliver veut savoir quand tu rentres. Il veut jouer à Mario Kart

(18 : 31) J'arrive pas à croire que tu m'as laissée avec Clara, espèce de crétin

(18 : 54) Si tu ne réponds pas bientôt je vais vraiment venir te chercher chez Nick

(18 : 59) Je ne plaisante pas

(19 : 00) Charlie

(19 : 01) Charlie

(19 : 01) Charlie

(19 : 01) Sérieux

(19 : 02) Bon, j'arrive

Nick ne dit rien, mais je sais qu'il aimerait en parler. Je me sens instantanément trop mal.

Certes, j'ai passé une mauvaise journée. Mais je n'aurais pas dû m'en prendre à Tori.

J'aurais au moins dû rester avec elle un peu plus longtemps.

— Je ferais sans doute mieux de rentrer, j'annonce.

Nick passe ses doigts dans mes cheveux. Je suis à peu près sûr qu'il n'a pas envie que je rentre, mais il dit quand même « ouais ».

Aucun de nous ne semble bouger.

Il me regarde avec ses grands yeux bruns et il n'a pas besoin de parler. Je sais qu'il veut que je me confie. Que je vide mon sac.

— Cette journée a été vraiment difficile, je commence, et Nick me prend la main alors que je lui raconte tout.

Je lui parle des disputes. Du stress, du manque de sommeil et de tous les membres de ma famille agaçants.

Du fait que je voulais simplement un Noël « normal » quoi que ça implique.

Je sais que Nick ne peut rien arranger. Même s'il le pouvait, il ne devrait pas avoir à le faire. Mais le simple fait d'en parler allège le poids que je ressentais dans ma poitrine.

— Je crois que… une partie de moi voulait faire comme si ce Noël pouvait être comme le précédent, j'explique. (Je n'arrive pas à le regarder dans les yeux.) Je n'avais qu'à faire semblant que rien n'avait changé. Mais tout le monde faisait tout son possible pour me donner l'impression d'être un boulet.

— Tout le monde ? demande Nick.

— Sauf peut-être Tori. C'est la seule avec qui ça va. Genre, elle m'aide mais elle me parle aussi normalement. (Je pouffe.) Et Oliver aussi, j'imagine.

Nick passe un bras autour de moi. Je me blottis contre son épaule.

— On dirait que ta mère et ton père voulaient aussi faire comme si ce Noël pouvait être « normal », dit-il.

Je hoche la tête.

— Ouais. C'est exactement ça.

— Tu leur en as parlé ?

— De quoi ?

— Est-ce que tu leur as expliqué que ce Noël serait différent et que tu aurais besoin d'un peu plus de soutien ?

Je me repasse les derniers jours. Papa et moi nous sommes mis d'accord sur un menu pour la journée, mais à part ça…

— Pas vraiment, je marmonne.

— Je crois que parfois, poursuit Nick, tu as tellement peur d'être un fardeau que ça te terrifie de demander de l'aide. Mais tu as des tas de gens dans ton entourage qui seraient là pour toi si tu disais ouvertement de quel type d'aide tu as besoin.

Je le regarde. Je l'aime. J'aime tellement mon petit ami.

— Tu parles comme Geoff, là, je commente avec un grand sourire, et il rit en me donnant une petite pichenette.

Et c'est à ce moment que je remarque que ma sœur se tient à l'entrée du salon.

Tori a visiblement oublié de prendre un parapluie, elle aussi – on dirait qu'elle vient de sauter dans une rivière. En plus, elle est essoufflée, ce qui veut dire qu'elle a sans doute couru pour venir, et elle semble furieuse, à sa façon, complètement silencieuse – yeux revolver, lèvres pincées, poings enfoncés dans les poches de son manteau.

— Primo, commence-t-elle, Nick, je refuse de croire que tu as une famille si nombreuse. Ça n'a aucun sens. Deuxio, ton horrible frangin a encore tenté de flirter avec moi et, je te jure que s'il ne reçoit pas bientôt

le message, je vais trouver un putain de puits et le pousser dedans.

Tous les enfants qui construisent le bateau pirate Lego se retournent, choqués. Tori les observe et lève les sourcils d'un air menaçant. Ils se détournent rapidement.

Nick éclate de rire, mais l'expression de Tori ne change pas. Elle se tourne vers moi.

— Tertio, je crois que tu devrais rentrer parce que si je dois répondre à une seule putain de question de plus à propos de mes notes, je risque de faire une fugue, et papa est déjà assez bouleversé comme ça. (Elle déplace son poids sur son autre jambe.) Ah, et Oliver est de mauvaise humeur parce que personne ne veut jouer à Mario Kart avec lui, et grand-mère veut te parler de tes cours de batterie, *et* je crois que maman veut *s'excuser*, aussi fou que ça paraisse.

Elle s'affale à l'autre bout du canapé, sans nous regarder, puis elle bascule sa tête contre les coussins.

Je ne sais absolument pas quoi dire.

Je m'écarte de Nick pour me placer à côté d'elle. Je la prends dans mes bras et, après quelques secondes, elle s'appuie contre mon épaule.

— Je déteste Noël, lance-t-elle.

— Non, c'est faux, je réponds.

— Je déteste celui-ci.

— Comme tout le monde. Tout l'hiver a été un peu pourri.

— Ouaip.

Doctor Who est toujours en fond. Oliver est sans doute devant la télé en train de regarder, lui aussi.

— Désolé d'être parti comme ça, dis-je. Merci d'être venue me chercher.

Elle me regarde.

— Désolée que cette journée ait été merdique pour toi.

— Ça n'a pas été totalement pourri. Nick a reçu un nouveau chiot.

Tori étrangle un rire.

— Vous ne pouvez pas vous marier, acheter une maison et adopter trois chiens à la fin ?

Nick et moi rions, puis nous restons tous les trois silencieux un moment. J'appuie ma tempe contre les cheveux de Tori.

— Je vais essayer de faire plus d'efforts pour dire quand j'ai besoin d'aide, j'annonce. Et expliquer de quel genre d'aide j'ai besoin.

— C'est ce que Geoff t'a dit de faire ?

— Ouais, mais Nick me l'a dit aussi et je crois qu'ils ont raison.

— Bien, répond Tori d'une voix un peu plus douce. Je crois… que ce serait une bonne chose.

Ça ne réglera rien. Je le sais.

Mais peut-être que tout ce truc de « rémission » serait plus simple si je demandais de l'aide aux gens de temps en temps.

— Tu as loupé la dispute annuelle entre grand-père et *abuelo*, annonce Tori après un moment.

— C'était à quel sujet, cette année ?

— Je crois qu'ils parlaient de meubles antiques, mais la plupart des arguments d'*abuelo* étaient en espagnol, et ce n'est pas mon rayon. J'avais besoin de tes commentaires.

— Il y aura peut-être un deuxième round plus tard, comme l'an dernier.

— Espérons. Au moins, ça a coupé Clara qui voulait me faire décrire l'homme idéal.

Je ris, puis elle se met à rire aussi, et tout semble aller un peu mieux. Rien que pour une minute.

Oliver Jonathan Spring,

7 ans

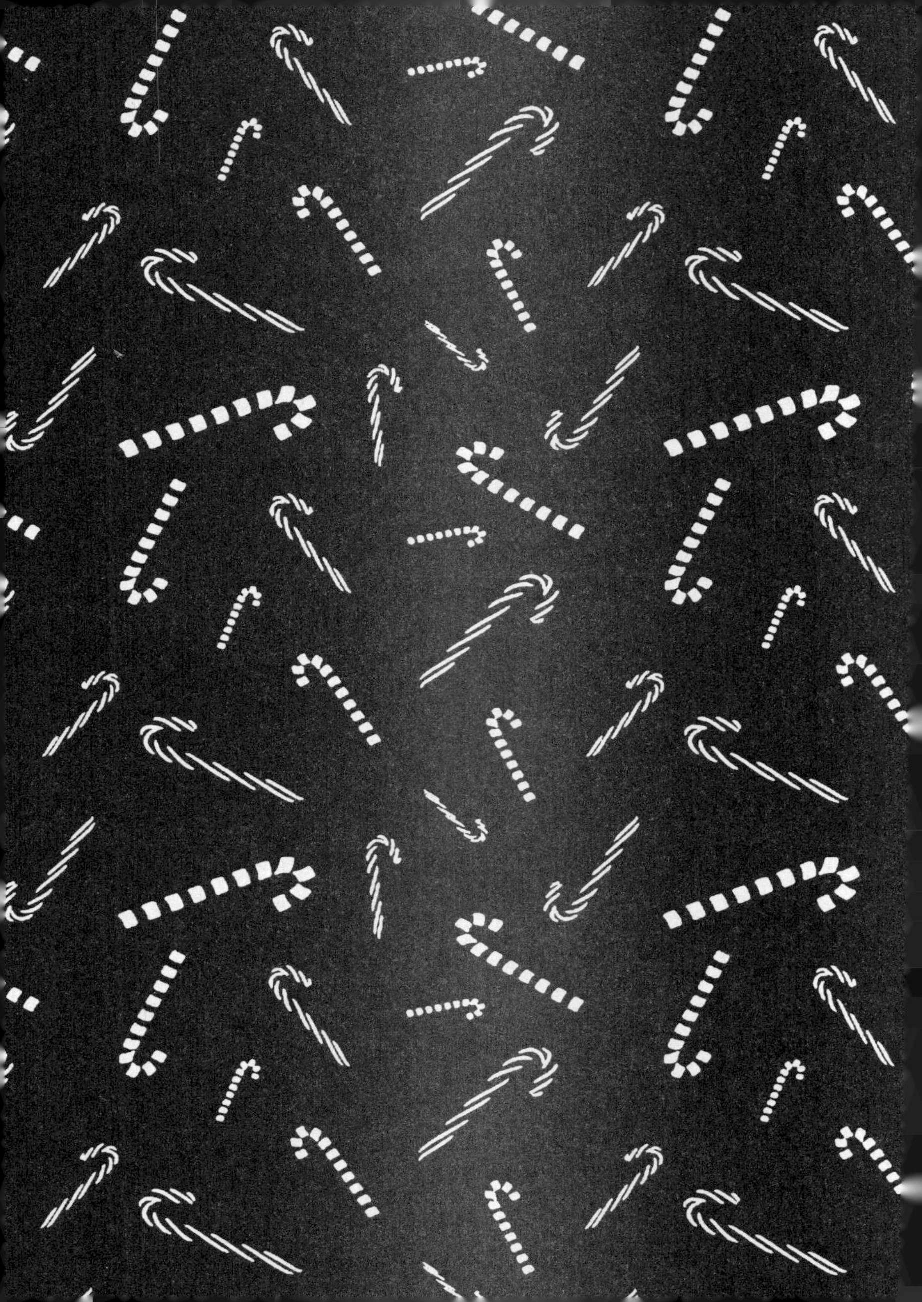

Oliver

D'abord, c'est Charlie qui a disparu. Ensuite, Tori a disparu. Et je commence à me demander si je suis le suivant. Personne n'a l'air d'en parler. Donc je me demande si ma famille est derrière tout ça, et s'ils sont tous possédés par des espèces de fantômes ou des méchants dinosaures ou je ne sais quoi. Je suis en train de jouer à Mario Kart sur la télé pour oublier, mais ça ne veut pas dire que je ne m'inquiète pas.

Mario Kart, c'est un peu ennuyeux quand on joue seul.

Rosanna n'arrête pas de me toucher les cheveux, et ça m'énerve.

Maman vient me voir pile quand j'ai terminé le circuit Luigi. Elle veut savoir si je veux boire autre chose. Je secoue la tête et je demande :

— Où sont Charlie et Tori ?

Maman s'assied à côté de moi sur le canapé. Elle tient un verre de vin à la main.

— Ils sont seulement sortis un moment.

— Ils se sont fait enlever ?

— Non, oh, mon chéri, non.

— Où sont-ils ?

Maman ne dit rien pendant un moment. Peut-être qu'elle ne sait pas...

— Charlie était un peu triste tout à l'heure, alors il est allé chez Nick.

Nick est le chéri de Charlie qui vient tout le temps chez nous. Ils vont sûrement se marier un jour pour acheter leur propre maison et ne plus avoir besoin d'aller chez l'un ou chez l'autre tous les jours.

Je pose la manette. Charlie est souvent triste ces derniers temps parce qu'il a une maladie mentale. Mais maman dit qu'il va mieux parce qu'il doit parler de ses émotions à un docteur spécial appelé Geoff. Geoff a l'air cool.

— C'est à cause de sa maladie mentale ?

— ... On peut dire ça, oui.

— Oh. Est-ce qu'il va bientôt aller mieux ?

Maman boit une gorgée de vin.

— C'est compliqué, mon cœur. Ça prend du temps. Mais je l'espère.

— Où est Tori ?

— Je crois qu'elle est partie voir si Charlie veut rentrer.

— Oh.

— J'ai dit des… choses pas très gentilles, poursuit maman avant de poser son menton dans sa main. À Charlie.

Je remarque soudain qu'elle a l'air très triste. Maman n'est jamais triste – elle se met parfois en colère, et elle se plaint quand je laisse mes tracteurs sur le rebord de la fenêtre du salon ou quand je fais trop de bruit dans la voiture, mais elle n'est jamais vraiment triste.

Je me lève pour lui faire un câlin, parce que c'est ce qu'il faut faire quand quelqu'un est triste.

Elle rit et me caresse la tête.

— Oh, Oliver. Je vais bien.

— Tu pourrais juste dire pardon, je dis. C'est ce qu'il faut faire quand on dit quelque chose de mal. Dire pardon.

— Tu as parfaitement raison, dit-elle et, quand je me recule, elle sourit, donc j'ai dû faire un bon câlin.

Et alors, j'entends la porte d'entrée s'ouvrir.

Je sors du salon en courant pour remonter le couloir. Et là, en train d'enlever leurs chaussures, je vois mon grand frère et ma grande sœur, trempés par la pluie. Je cours vers Charlie parce que c'est le seul de ma famille qui me porte encore et, quand il me voit, il sourit, tend les bras et me soulève en disant :

— Foulala, tu deviens tellement *lourd*. On dirait vraiment un éléphant.

— Non, c'est *faux*.

Tori m'ébouriffe les cheveux, ce qui m'agace moins que quand c'est Rosanna qui le fait.

— À quel âge vas-tu arrêter de te faire porter partout ?

Je réfléchis un moment.

— Vingt-sept ans.

Ils éclatent de rire, et Charlie me porte dans le salon. Tori nous suit. Quand nous arrivons, Charlie me pose, puis il va faire un câlin à maman. C'est bien, parce que les câlins arrangent toujours tout.

Ensuite, ils vont dans la cuisine. Je les entends parler, mais je ne sais pas vraiment ce qu'ils disent. Avec un peu de chance, maman dit pardon comme je le lui ai conseillé.

Tori s'assied sur l'autre canapé. Je m'assieds à côté d'elle et je dis :

— Tout est mieux quand on est tous les trois.

Tori me regarde.

— C'est clair.

— Pourquoi vous êtes partis ? Je m'ennuyais tellement. Ce Noël a été tellement ennuyeux.

Elle me regarde encore.

— Ah, ça... Ça a été quelque chose.

Je ne sais pas vraiment ce que ça veut dire.

— Mais je te promets que nous n'allons plus jamais partir, dit-elle.

— Tu ne peux pas promettre ça, je dis. Vous devez aller à l'école.

— Bon, la prochaine fois que nous irons quelque part nous te le dirons avant de partir.

— D'accord. *Et* vous devez promettre de revenir.

Tori sourit.

— Très bien. On promettra de revenir.

— Bien.

Ce serait bizarre d'être tout seul sans frère et sœur. Je ne pense pas que ça me plairait. Avec qui on est censé jouer ou à qui on demande d'attraper des trucs à sa place ? Il n'y aurait personne pour me porter. Il y aurait deux chambres vides à la maison, et il y aurait sûrement des fantômes qui vivraient là. Je n'aime pas du tout les fantômes.

— On peut jouer à Mario Kart, maintenant ? je demande.

— Oui. (Tori m'ébouriffe encore les cheveux.) Oui, on peut jouer à Mario Kart maintenant.

Ressources supplémentaires

Pour toute information, aide, soutien ou conseil à propos de santé et de maladie mentales, consultez les liens suivants :

Fédération Française Anorexie Boulimie
https://www.ffab.fr/

Fil Santé Jeunes
https://filsantejeunes.com/

Psycom
https://www.psycom.org/

Liste de centres LGBTI+ en France
https://federation-lgbt.org/les-membres

Liste de Noël de Charlie Spring
• Nouveaux écouteurs
• Nouveau portable
• Baguettes
• Bon pour des livres
• ???

Liste de Noël
de Nick Nelson :
— CHIOT
— crampons de rugby
— fournitures de bureau
— livre de pâtisserie
— barre Oreo au lait

Cher père Noël,
J'aimerais le nouveau Mario Kart et un tracteur.
Je t'aime,
Oliver Spring

Liste de Noël de Tori Spring
• Nouvel ordinateur portable
• Housse pour ordinateur portable
• Une âme

DÉCOUVREZ DÈS À PRÉSENT
UN EXTRAIT DE *NICK ET CHARLIE*,
UN ROMAN D'ALICE OSEMAN !

Charlie

En tant que représentant du lycée Truham, j'ai fait de nombreuses choses. J'ai bu trop de vin à la soirée parents-professeurs. J'ai été pris en photo avec le maire à trois reprises. J'ai fait pleurer un élève de sixième sans le vouloir.

Mais rien de tout ça n'était pire que de devoir empêcher les terminales de profiter de leur dernier jour au lycée, ce que notre principal, M. Shannon, tente de me pousser à faire en ce moment même.

Il est peut-être utile de préciser que mon petit ami depuis deux ans, Nick Nelson, est l'un de ces élèves de terminale.

— Ça ne te dérange pas, au moins ?

M. Shannon se penche sur la table de la salle commune où je suis censé réviser pour mes examens, alors qu'en réalité je regarde des concerts de Mac DeMarco sur mon portable.

— Les choses dégénèrent un peu, et ils t'écouteront plus facilement que moi, si tu vois ce que je veux dire.

— Euh…

Je lance un regard à mon ami Tao Xu qui mange un paquet de bonbons au chocolat à côté de moi. Il lève un sourcil comme pour dire « je n'aimerais pas être à ta place ».

Je n'ai pas vraiment envie d'accepter.

Leur thème est *High School Musical*. Ils ont accroché un panneau « East High » géant sur celui de Truham au niveau du portail de l'école. Ils ont lancé la bande originale sur tous les ordinateurs du lycée, si bien que, où que vous vous trouviez dans l'école, vous entendez une chanson de *High School Musical*, sans vraiment savoir d'où provient le son. Ils ont organisé un flash mob *What Time Is It* sur le terrain de football à la pause. Et ils sont tous arrivés en tenue de basketteur ou de pom-pom girl rouge. Malheureusement, Nick a opté pour le basketteur.

Et pour couronner le tout, sur une note non liée aux films, ils ont bâti, sur les courts de tennis, un fort en carton dans lequel ils tiennent un barbecue.

— Je veux seulement qu'ils sortent le barbecue, poursuit Shannon, qui a visiblement remarqué ma réticence à entrer dans un fort en carton peuplé de cent cinquante personnes plus âgées pour leur dire d'arrêter de s'amuser. Tu sais. Question de santé et de sécurité. Si quelqu'un se brûle, c'est moi qui devrai gérer les parents en colère.

Il glousse. M. Shannon a commencé à me faire totalement confiance depuis que je suis devenu représentant des élèves, il y a quelques mois. C'est drôle parce que je fais rarement ce qu'il me demande.

Garde les profs et les élèves de ton côté.

Ne te fais pas d'ennemis ou trop d'amis.

Voilà mes conseils pour survivre au lycée.

— Oui, bien sûr, pas de souci, je réponds.

— Tu me sauves la vie, lance-t-il avant de me pointer du doigt au moment de partir. Et ne révise pas trop !

Tao m'observe, enfournant toujours du chocolat dans sa bouche.

— Tu ne vas pas vraiment te frotter aux terminales, si ?

Je ris.

— Nan. Je vais juste voir ce qu'ils font et leur dire de faire attention à Shannon.

Mon autre ami, Aled Last, lève les yeux vers moi depuis l'autre bout de la table. Ça fait une heure qu'il organise ses cours de maths selon un code couleur.

— Tu peux me rapporter un burger ?

Je me lève et j'enfile mon blazer.

— S'il en reste.

Les premières ont déjà quitté le lycée pour réviser et, si je suis encore là, c'est uniquement parce que je travaille mieux ici que chez moi. C'est la même chose pour Tao et Aled. Pourtant, aucun de nous n'a vraiment envie d'être là. C'est le jour le plus chaud de l'année, et j'ai juste envie de m'allonger quelque part, une poche de glace sur le front.

Nick et moi avons des projets pour le week-end. Il est enfin libéré du lycée, et je me prends un week-end sans révisions. On est jeudi ; je reste chez lui ce soir. Demain, nous allons à la soirée de Harry pour les bacheliers. Samedi, nous irons à la plage. Dimanche, à Londres.

Ce n'est pas comme si nous ne passions pas tous nos week-ends ensemble de toute façon.

Ce n'est pas comme si nous ne nous voyions pas tous les jours.

Si on m'avait dit trois ans plus tôt que je serais en couple depuis deux ans à l'âge de dix-sept ans, j'aurais éclaté de rire.

— CHARLIE SPRING !

Alors que je passe sous la bannière « WILDCATS ! » à l'entrée du fort en carton, Harry Greene s'approche, bras tendus. Il porte un costume de pom-pom girl *High School Musical* en taille douze ans qui dévoile bien plus ses cuisses que ce qui serait approprié au lycée.

Le fort est gigantesque… Ils se sont emparés de deux courts de tennis. En plus de la quantité ridicule de carton, ils ont piqué au moins une dizaine de tables dans différentes salles de classe et ont installé un barbecue en parfait état de marche entre les deux courts.

Quelques personnes distribuent des steaks et du pain. On entend Vampire Weekend depuis une enceinte sans fil dans un coin.

Un bon nombre d'élèves de terminale – pour ne pas dire tous – sont là. C'est un groupe énorme comparé aux autres niveaux du lycée. Une grande partie des filles de Higgs ont rejoint Truham après un énorme incendie dans leur lycée, qui a complètement détruit certains bâtiments. C'est une longue histoire.

Harry pose ses mains sur ses hanches en me souriant.

— Alors ?

Harry Greene, un gars plutôt petit avec les cheveux en l'air, est sans doute l'individu le plus célèbre de toute l'école, d'une part à cause du nombre de fêtes qu'il organise, d'autre part parce qu'il ne se tait jamais.

Je lève un sourcil.

— On parle du fort ou de tes cuisses ?

— Les deux, mon pote.

— Les deux sont top, je réponds, impassible. Bien joué. Continue.

Harry s'écarte pour faire des fentes.

— Je savais que j'avais bien fait de choisir cette jupe. Je devrais en mettre plus souvent.

— Carrément.

Avant, Harry était une personne plutôt horrible... l'un des nombreux élèves plus âgés à m'avoir fait vivre l'enfer, plus jeune, quand j'étais le seul à être ouvertement gay à l'école. Mais avec les années, heureusement, il a arrêté et compris que ce n'est pas cool d'être homophobe. Je ne lui ai pas pardonné pour autant. Nick et moi pensons toujours que c'est un gros con.

Encore en position de fente, il me demande :

— C'est Shannon qui t'envoie ? Tu es venu nous empêcher de nous amuser ?

— En théorie, oui.

— Et en pratique ?

— Clairement pas.

Harry hoche la tête.

— Tu iras loin, mon pote. Tu iras loin.

Nick est généralement assez facile à repérer dans une foule, mais aujourd'hui, presque tout le monde porte du rouge. Il y a quelques personnes qui n'ont visiblement pas voulu s'embêter, l'une d'elles étant ma sœur Tori, en uniforme noir de Truham, assise dans un coin à discuter avec son amie Rita. Mais à part elle et quelques autres, tout le monde se confond en une gigantesque masse rouge.

— Nick est par là.

Je me retourne vers Harry qui m'indique le coin opposé en me souriant. Puis il se met à marcher en fredonnant *We're All in This Together*, et je le suis.

— NICK, MON POTE ! crie Harry par-dessus la foule de terminales, qui se prennent tous en photo, de la nourriture et des gobelets en plastique rouge à la main.

C'est là que je le vois.

Il se détourne d'un petit groupe, une expression légèrement hébétée sur le visage, comme s'il n'était pas sûr de ne pas avoir imaginé la voix de Harry.

Je sors avec Nick depuis que j'ai quatorze ans. Il aime le rugby, la formule 1, les animaux (surtout les chiens), l'univers Marvel, le bruit des feutres sur le papier, la pluie, dessiner sur les chaussures, Disneyland et le minimalisme. Et il m'aime, moi.

Ses cheveux sont blond foncé, et il a les yeux bruns. Il mesure cinq centimètres de plus que moi, si c'est le genre de choses qui vous intéresse. Je le trouve plutôt canon, mais ce n'est peut-être que mon avis.

Quand il nous repère, il fait un signe enthousiaste de la main, et quand nous le rejoignons enfin, il me regarde et me dit :

— Tout va bien ?

Le costume de *High School Musical* de Nick consiste en un short de sport rouge vif et un débardeur rouge. Il a accroché un morceau de papier à l'avant avec un chat sauvage très mal dessiné. Pour être honnête, il a déjà porté des tenues bien pires.

— Tu n'as pas répondu à mon texto, je dis.

Il boit une gorgée.

— J'étais trop occupé à mettre tout mon cœur dans le jeu.

Puis il lève un appareil photo jetable et, sans que j'aie une chance de sourire ou de m'assurer d'avoir l'air un tant soit peu présentable, il me prend en photo.

Une seconde trop tard, je lève la main devant l'objectif.

— Nick !

Il éclate d'un rire sonore, puis tourne la molette de l'appareil avant de le ranger dans sa poche.

— Encore un cliché pour la collection des drôles de têtes de Charlie.

— Sérieux.

Harry est déjà reparti discuter avec un autre groupe, donc Nick se rapproche un peu jusqu'à ce que nos mains se touchent.

— Tu restes un peu ? Ou tu retournes réviser ?

Je regarde autour de moi.

— Je ne révisais pas vraiment. Je regardais des concerts de Mac DeMarco.

— Ah. Bien sûr.

Nous restons là un moment, nos mains l'une contre l'autre, puis Nick en lève une pour remettre mes cheveux en place. Je suis soudain frappé par le fait que c'est notre dernier jour dans la même école. C'est la fin de six années entières passées au même endroit chaque jour. Ces deux années en couple, ces deux années à déjeuner ensemble, à nous asseoir côte à côte au mentorat, à nous cacher dans les salles de musique, dans les salles d'informatique et dans les vestiaires d'EPS, ces deux années à rentrer ensemble, à marcher quand il fait beau, à prendre le bus quand il fait froid, Nick dessinant des visages sur la buée des fenêtres, moi, m'endormant contre son épaule... C'est terminé.

D'ordinaire, nous parlons de ce genre de choses – les trucs qui nous rendent tristes, qui nous agacent ou nous mettent en colère –, mais Nick se réjouit vraiment d'aller à l'université, et je ne veux pas commencer à me plaindre ou à le faire se sentir mal. J'en ai déjà bien assez fait comme ça. C'est juste que... Je suis celui qui reste, et ça craint. Vraiment.

Nous levons la tête en entendant un petit *clic* suivi d'un rire sonore. Nous nous retournons, et Harry nous tend l'appareil photo de Nick avec un grand sourire.

— Trop romantique. J'arrive pas à croire que je vais devoir trouver un nouveau couple à embêter à la fac.

Nick récupère son appareil d'un geste brusque.

— Tu viens vraiment de me faire les poches ?

Harry lui fait un clin d'œil et repart en riant. Nick secoue la tête en tournant la molette de son appareil.

— Sérieux, il est trop *agaçant* !

— Où as-tu trouvé cet appareil ?

— Je l'ai acheté. Je me disais que ce serait sympa d'avoir de vraies photos à accrocher à la fac et pas juste des photos pourries sur mon portable.

Je lui arrache l'appareil des mains et je le prends en photo.

— Hé ! s'exclame-t-il avec un sourire en le récupérant. Je ne veux pas de photos de moi. Tout le monde va croire que j'ai un problème d'ego.

Je souris aussi.

— Alors, je la prends.

Nick passe un bras autour de moi.

— Bon, il nous faut au moins une photo où on a l'air normal.

Il lève l'appareil, l'objectif face à nous, et je dis :

— Soyons honnêtes, nous n'avons jamais l'air normal.

Et Nick se moque de moi alors que je m'assure que mes cheveux ne font rien de bizarre, puis nous sourions tous les deux, et il prend la photo.

— Quand je viendrai te voir à la fac, j'espère trouver cette photo dans un cadre, je dis.

— Seulement si tu m'achètes un cadre. J'aurai un loyer à payer.

— Sérieux, trouve-toi un boulot.

— Quoi ? Tu veux dire que tu ne vas rien m'acheter maintenant que *toi* tu travailles ? J'y crois pas. Pourquoi je sors avec toi ?

— Je n'en sais rien, Nick. Pourquoi es-tu encore là ? Ça fait plus de deux ans.

Nick se contente de rire. Il m'embrasse rapidement sur la joue, puis recule vers la table des boissons.

— Tu es plutôt pas mal.

Je lui fais un doigt d'honneur.

Au début de notre relation, nous n'avons rien dit à personne avant un moment. Nous ne savions pas vraiment comment les gens allaient réagir, donc c'était plus sûr de faire profil bas. De ce que je sais, il n'y avait *jamais* eu de couple ouvertement gay dans notre école. Et puis, j'ai beaucoup été harcelé quand on m'a outé, alors, nous ne nous tenions pas la main. Nous ne flirtions pas quand d'autres personnes étaient dans les parages. Parfois, j'étais mal à l'aise rien que de lui *parler* au lycée, de peur que quelqu'un s'en rende compte et se mette à me harceler à nouveau, ou pire, commence à harceler *Nick*.

Aujourd'hui, nous n'avons plus de raisons d'avoir peur. Je lui prends la main quand je veux.

Nick

Bon, j'ai peut-être pleuré quand la cloche a sonné pour la dernière fois. Rien qu'un peu.

Je n'étais pas pire que Harry. Il pleurait comme un bébé et faisait des câlins à tout le monde, y compris à des élèves de sixième effrayés qui voulaient seulement prendre le bus.

Même si ce n'était pas la dernière fois que je voyais mes amis, c'était quand même triste. Ne plus porter nos uniformes, la fin des parties de thèque au déjeuner et de l'heure de perm' du mercredi avec des biscuits dans la salle commune.

La fin des moments à l'école avec Charlie.

Je crois que certaines choses me rendent nerveux. Refaire mon coming out, surtout. Cela dit, je dois déjà annoncer à quelqu'un que je suis bisexuel un jour sur deux. Mais se faire de nouveaux amis à la fac implique de rencontrer des tas de nouvelles personnes qui vont sans doute s'imaginer que je suis hétéro. Quitter la maison me fait peur, aussi. Je suis un peu inquiet que ma mère soit seule tout le temps.

Et, une fois encore, il y a le fait d'abandonner Charlie.

Pourtant, quitter le lycée a pas mal de points positifs. Je suis on ne peut plus prêt pour la fac. Étudier des choses qui m'intéressent vraiment. Quitter enfin cette ville minable, avoir mon chez-moi, acheter ma propre nourriture, choisir comment passer le temps.

C'est effrayant. Et beaucoup de choses vont me manquer. Mais je suis prêt.

— Harry veut savoir si on vient à sa soirée d'adieux demain, lance Charlie depuis le siège passager de ma voiture en regardant son téléphone.

Les gens que nous connaissons contactent généralement Charlie quand ils veulent parler à l'un d'entre nous parce que je suis nul pour répondre aux messages. Il est bien plus organisé que moi.

— Ben, ça me tente si ça te tente, je réponds en quittant le parking de l'école.

— Ouais, on ferait mieux d'y aller puisque le bal de promo va être nul.

— Ça marche.

Nous restons assis dans un silence confortable alors que je nous conduis chez moi. Charlie attrape ses lunettes de soleil dans le compartiment de la portière, puis il allume la radio et continue de regarder son téléphone, sans doute Tumblr, les genoux repliés et les pieds sur le siège. Franchement, c'est une belle journée.

Un beau ciel bleu se reflète sur les fenêtres de la ville et des voitures. Je baisse ma vitre et monte le volume de la radio, puis je sors mon appareil photo jetable de ma poche et je prends un cliché de Charlie, le visage baigné de soleil, ses cheveux sombres balayés par le vent, son corps recroquevillé sur le siège passager.

Il lève immédiatement les yeux vers moi, mais il a le sourire.

— Nick !

Je souris à mon tour et me retourne vers la route.

— Ne fais pas attention à moi.

— Préviens-moi au moins.

— C'est moins drôle.

C'est habituel pour nous d'aller chez l'un ou chez l'autre après les cours. Nous passons généralement plus de temps chez moi. Comme ma mère travaille et que mon frère a son propre appartement, nous avons la maison pour nous. Ces derniers mois, nos parents nous ont parfois laissés dormir chez l'un ou l'autre, même les soirs de cours. Ma mère s'en fiche, mais les parents de Charlie sont plus stricts, et Charlie pense que s'il demandait plus d'une ou deux fois par semaine, ils commenceraient à refuser.

Nous savons que ce n'est pas vraiment normal. Nous pensons que nos parents ne le voient pas non plus comme quelque chose de normal. Enfin… Ça ne les dérange pas, mais… les couples d'ados normaux ne dorment pas ensemble la veille d'un jour de cours, si ? Ils ne passent pas chaque jour ensemble, si ? Je ne sais pas. On s'en fiche.

*

Ce que nous faisons avec Charlie à la maison :

Jouer aux jeux vidéo. Regarder la télé et des films. Regarder des vidéos sur YouTube. Les devoirs. Réviser. La sieste. Nous embrasser. Coucher ensemble. Rester assis dans la même pièce, chacun sur son PC, en

BISOU
BISOU
WOUAF
WOUAF
GLOU
GLOU
TAP
TAP
TAP
Z
Z
Z

silence. Jouer à des jeux de société. Cuisiner. Préparer des boissons. Trop boire. Préparer des sorties concerts. Planifier des vacances. Bâtir des forts avec des coussins. Coucher ensemble dans un fort de coussins (bon, rien qu'une fois, mais c'est arrivé). Jouer avec mes chiens, Henry et Nellie. Aider le frère de Charlie, Oliver, sur divers projets en Lego. Discuter. Nous disputer. Crier. Pleurer. Rire. Nous câliner. Dormir. Nous envoyer des textos d'une pièce à l'autre. Charlie répète la batterie, fait des playlists, lit des livres. Je prends des photos avec mon portable, je dessine sur Charlie quand il ne regarde pas, je prépare des plats qu'aucun de nous n'a jamais testés.

Nous sommes plutôt calmes. Peut-être un peu ennuyeux. Mais, franchement, ça nous va.

Aujourd'hui n'a rien d'exceptionnel. Nous rentrons, nous prenons à boire, j'enfile un bas de jogging et un sweat. Charlie passe un jean et un T-shirt qu'il a laissés hier, puis il s'affale sur mon lit, s'étire sur le ventre et ouvre mon ordinateur.

— Tu veux un truc à manger ? je demande alors que je m'apprête à descendre.

Je lui pose toujours la question après les cours. Charlie a souffert d'anorexie l'année où nous avons commencé à sortir ensemble. Il a dû passer quelques mois dans un service de psychiatrie, et ça l'a vraiment aidé, mais il en souffre toujours. Ce genre de choses ne s'en va pas si vite. Cela dit, il est loin d'aller aussi mal qu'avant et il va même mieux sur bien des points. Il mange généralement aux principaux repas, par contre, il ne grignote jamais.

— Nan, c'est bon, répond-il comme d'habitude.

Je m'assure toujours de lui demander, pourtant. Je pense qu'il pourrait dire oui, un jour, si je continue à poser la question.

Une fois que j'ai englouti deux tranches de pain grillé et un verre de limonade, je remonte et retrouve Charlie, sourcils froncés, devant l'écran de l'ordinateur.

Je m'affale sur le lit à côté de lui.

— Que se passe-t-il ?

Il me jette un regard puis se retourne vers l'écran avant de cliquer sur quelque chose.

— Rien. Je lisais juste un truc sur Tumblr.

Je n'ai pas Tumblr, même si Charlie a essayé de nombreuses fois de me pousser à m'en servir. Je ne pense pas que ce soit mon truc.

Charlie roule sur le dos pour me faire de la place, puis il sort son portable. Je m'allonge près de lui et je rapproche l'ordinateur. Il a déjà quitté Tumblr, ce n'était sans doute rien d'intéressant.

Dans un autre onglet se trouve la page que j'ai commencé à lire ce matin à propos de l'équipe de rugby de l'université de Leeds, que je vais tenter d'intégrer quand j'y serai, si je suis assez doué.

C'est là que je vais en septembre – à l'université de Leeds. C'est assez loin ; genre trois cents kilomètres, et Charlie et moi avons évidemment parlé du fait que nous allons mener une relation à distance. Même si ce n'est pas idéal et que c'est loin d'être aussi génial que de traîner ensemble tous les jours comme maintenant, ça nous va parfaitement à tous les deux. Charlie a un boulot à temps partiel dans un café, donc il pense pouvoir venir me voir en train régulièrement, et je peux moi-même le prendre pour rentrer, ce qui fait que nous nous verrons au moins une semaine sur deux, si ce n'est plus. Et nous allons nous envoyer des textos et nous appeler et faire des FaceTime tout le temps de toute façon.

Je commence à parler à Charlie de l'équipe de rugby de Leeds – combien il y a de *tiers* à l'université, et si je pense pouvoir les intégrer (franchement, oui, enfin, je suis plutôt doué en rugby, à mon avis), combien coûte l'abonnement à la salle de sport, et si je vais trouver un boulot en arrivant, si ça vaut le coup de tenter de décrocher une bourse sportive, si je vais être vraiment naze comparé aux autres, et à quel point leur uniforme (vert et blanc) est beau.

Charlie reste allongé sur le dos. Il m'écoute et pose quelques questions mais, au bout d'un moment, je sens qu'il s'ennuie parce que sa voix faiblit et qu'il commence à jouer avec les manches de mon sweat. Et puis là, au beau milieu d'une phrase, il se tourne sur le côté et m'attire par la nuque pour m'embrasser, ce qui me prend au dépourvu parce que ça fait longtemps que nous avons passé le stade où nous avons besoin de nous embrasser dès que nous nous retrouvons seuls.

Après quelques secondes, je me recule, mais il m'attire à nouveau à lui. Je ris contre ses lèvres et je le sens rire aussi, pourtant aucun de nous n'arrête et, après un instant, je sens ma main caresser ses cheveux malgré moi. Ce n'est pas notre moment habituel pour faire ça, mais difficile de s'en inquiéter, d'autant plus qu'il vient s'allonger sur moi.

— Tu voulais parler d'autre chose ? je murmure en me demandant quelle mouche l'a piqué.

J'écarte les cheveux de son front. J'ai sans doute un faible pour les cheveux de Charlie.

Son regard croise le mien. Puis il s'assied, se penche et allume la radio qui diffuse The Vaccines. Il revient, rejette sa tête en arrière et répond :

— Pas vraiment.

Puis ses lèvres se posent sur les miennes.

Charlie

En gros, je déteste que Nick parle de l'université.

Je suis une personne horrible.

Il a beaucoup trop hâte d'aller à la fac. Et il a raison. Je suis content pour lui.

Mais depuis quelques semaines, il en parle *tout le temps*. Et chaque fois qu'il en parle, ça me rappelle que nous approchons de la fin. Qu'à partir de septembre, je vais rester seul.

En gros, j'ai peur.

Les gens n'arrêtent pas de m'envoyer des messages sur Tumblr et ils ne m'aident pas du tout. J'ai pas mal d'abonnés, dont la plupart s'intéressent à Nick et moi. Je veux dire qu'ils s'intéressent *vraiment* à notre relation. C'est un peu effrayant, à vrai dire.

Donc dès que j'ai mentionné que nous serions à distance à partir de septembre, j'ai été *submergé* de messages qui m'expliquent comment me préparer à toutes les choses horribles liées à une relation à distance. Et ils m'agacent. J'ai arrêté de répondre depuis quelques jours, mais ils continuent de m'écrire. Je ne comprends même pas pourquoi tous ces gens s'en préoccupent au point de faire l'effort de m'envoyer des messages.

Heureusement, Nick ne parle plus d'université pour le reste de la journée, ni quand nous promenons les chiens, ni au dîner, ni pendant que nous regardons *Alien*. Quand il va prendre une douche vers dix heures, je consulte à nouveau ma boîte de réception sur Tumblr, et elle est encore *plus* remplie de messages.

Anonyme :

As-tu parlé à Nick de comment ça se passera quand il sera parti ? Je connais tellement de couples qui ont essayé de faire marcher leur relation une fois que l'un d'eux partait à la fac, mais ils ont tous fini par rompre. Tu devrais vraiment lui en parler, au moins.

Anonyme :

C pas bizarre que vous soyez ensemble dps si lgtps ? Genre 14 ans, c trop jeune pour une relation. Tu devrais pas te sentir obligé de rester dans ta première relation pour tjs...

Anonyme :
Mec, les relations à distance ne marchent jamais, crois-moi c'est mieux d'y mettre fin maintenant et d'éviter de souffrir

Anonyme :
Tout le monde devrait être célibataire pour aller à la fac ! Les années fac sont les années les plus sexe ! Faut baiser le plus de gens possible !!!

Je ne veux pas vraiment aborder le sujet avec Nick parce que je ne veux pas qu'il se sente *mal* d'aller à l'université. Il a parfaitement raison de se réjouir.

Peu importe ce que je ressens.

Nick revient de la salle de bains vêtu uniquement de son bas de pyjama. Il se frotte les cheveux avec une serviette.

— Qu'est-ce qu'il y a ?

— Comment ça ?

— Tu fronces encore les sourcils.

Je referme rapidement l'application Tumblr.

— Ah oui ?

Il s'approche du miroir et prend le sèche-cheveux.

— Ouaip.

— C'est peut-être mon visage qui est comme ça.

— Nan, ton visage est bien plus beau, d'habitude.

Je jette un oreiller dans sa direction, mais il s'écarte pour l'éviter en riant.

Je ne peux pas lui parler. Il se sentirait trop mal. Il s'est déjà senti suffisamment mal à cause de moi. J'ai déjà été le petit ami le plus agaçant de l'univers, avec mes histoires de santé mentale.

— Viens prendre un selfie avec moi, je dis. Je veux soûler mes abonnés sur Tumblr.

Nick sourit et pose le sèche-cheveux.

— Pourquoi ça les soûlerait ?

— Les selfies soûlent tout le monde.

— Trop passif-agressif.

Il s'approche du lit et s'allonge à côté de moi.

J'ouvre l'appareil photo de mon portable et avant qu'il n'ait le temps de dire quoi que ce soit, je l'embrasse sur la joue et je prends la photo.

Nick rit à nouveau.

— Oh, tu fais ça sur les réseaux maintenant, toi ?

Je passe mes bras autour de lui.

— Tu sais bien que c'est ce qu'ils veulent tous.

— Laisse-moi au moins arranger mes cheveux.

— Ils sont bien quand ils sont mouillés.

Nous rapprochons nos têtes et je fais un signe de paix d'une main avant de prendre une autre photo. Puis j'en prends une de nous en train de nous embrasser, mais je ne la poste pas sur Tumblr. Certaines choses sont plus sympas si elles restent rien que pour nous.

CLIC

Nick

Le lendemain, je suis réveillé par le bruit du réveil de Charlie. Il met toujours un bip agaçant, impossible à ignorer, plutôt que de la musique comme moi. Malgré ça, me réveiller à ses côtés reste le meilleur des réveils. Je ne sais pas vraiment pourquoi. Mon lit semble toujours un peu froid quand il n'est pas là.

Charlie insiste encore pour aller au lycée aujourd'hui parce qu'il est incapable de réviser à la maison, donc il me force à me lever à sept heures du matin pour le conduire. L'idée même d'essayer de réviser dès le premier jour sans cours me donne envie de brûler toutes mes fiches, et puis, de toute façon, nous sommes tous les deux nuls pour travailler quand nous sommes ensemble.

J'ouvre les yeux et je le vois s'agiter. Un rayon de soleil barre son torse depuis l'espace entre les rideaux et, bien que je sois à moitié endormi, je ressens une soudaine envie de le prendre en photo. Puis je me souviens que j'en ai déjà pris une de lui endormi hier soir, quand je l'ai trouvé en boule dans mon lit après avoir été chercher un verre d'eau, et que c'était la fin de la pellicule.

Charlie se tourne pour éteindre le réveil, puis il m'escalade pour sortir du lit – qui est situé contre le mur –, mais alors qu'il s'affaire, je glisse mes mains autour de sa taille et je l'attire au-dessus de moi. Il lâche un cri de surprise puis un petit rire, sa voix encore endormie.

— Je dois aller me doucher...

— Non, reste.

— Je ne peux pas, je vais me rendormir.

— Ne va pas au lycée.

— Nick !

— Reste avec moi.

— Je ne peux pas, je dois... Il faut que je révise.

— Hmm, d'accord.

Je desserre mon étreinte pour que Charlie puisse s'en extirper. Dès qu'il n'est plus là, mon lit semble froid et vide. C'est vraiment bête. Je dors seul la plupart du temps.

DEUX

Charlie

J'espérais un peu que Nick comprendrait ce que je ressens. D'habitude, il est plutôt doué pour ça ; *étrangement* doué, à vrai dire. Et je ne suis pas vraiment subtile avec mes tentatives pour qu'il arrête de parler de la fac. Mais à la troisième heure, après un message pour savoir si Nick est réveillé (après m'avoir déposé au lycée, il a dit qu'il retournait se coucher), l'assaut de textos enjoués commence.

Nick Nelson

(11 : 34) Il faut qu'on aille faire des courses pour la fac !!! C'est bizarre que j'aie tellement hâte d'acheter des ustensiles de cuisine ?

Nick Nelson

(12 : 02) Tu crois que je devrais envoyer un mail pour savoir si j'aurai un lit double ? Comment font les gens pour savoir quels draps acheter ?

(12 : 05) Il vaudrait mieux que j'aie un lit double lol ton lit est suffisamment atroce

Nick Nelson

(12 : 46) Tu crois que je devrais prendre ma console ou ça fait trop asocial ? J'ai envie que les gens m'aiment

Nick Nelson

(12 : 54) Kaleem est au lycée ? Si oui, tu peux lui demander s'il sait pour les lits ?

Nick Nelson

(13 : 15) Je suis bien plus intéressé par les meubles que je pensais. Le site d'IKEA est un dangereux vortex

Je réponds à tous ses messages et j'essaie vraiment d'être enthousiaste, mais je sais que mes textos sont un peu plats. Pourtant, Nick ne semble pas le remarquer. Il continue de m'écrire pour parler d'université et de trucs à acheter pour sa chambre et des modules qu'il veut suivre et de toutes sortes de choses qui me font me sentir de plus en plus mal.

Nous avons déjà eu cette conversation. Il y a un moment à vrai dire, quand Nick cherchait des universités l'été dernier et quand il postulait à l'automne. J'ai avoué que son départ m'inquiétait. J'ai dit que j'avais peur de rester tout seul tout le temps. C'était un peu gênant, en fait. Carrément débile. *Peur de rester tout seul.* J'avais l'air d'un enfant de trois ans.

Nick m'a évidemment assuré que nous parlerions tout le temps et que tout irait bien. Nous n'en avons pas beaucoup rediscuté depuis, mais uniquement parce qu'il n'y a rien de plus à dire.

Tout va bien se passer.

Je suis dans la salle commune en train d'écouter en boucle l'album *Origin of Symmetry* de Muse et je me concentre sur mes révisions de langues anciennes, essayant de mémoriser du vocabulaire latin en forçant Aled, mon seul ami présent au lycée aujourd'hui, à m'interroger de temps en temps. Je dois seulement arrêter de penser à tout ça. Tout va bien. Je m'inquiète pour rien.

Après le déjeuner, et après avoir échoué trois fois à me rappeler le sens de *latrocinium*, Aled pose mon paquet de fiches pour m'observer. Aled n'a pas beaucoup d'amis – il est extrêmement timide, donc peu de gens tentent de lui parler –, mais Tao et lui sont deux de mes meilleurs amis.

— Rah, désolé, je m'excuse immédiatement. Wouah. Je dois réviser plus. Sérieux.

Aled cligne des yeux, puis il regarde par la fenêtre. C'est encore un jour de grand soleil. J'aurais sans doute dû rester au lit avec Nick, ce matin.

— On devrait peut-être arrêter de réviser, suggère-t-il de sa toute petite voix.

Il glousse et baisse les yeux sur ses propres révisions – encore des fiches de maths colorées.

— Non pas que j'aie beaucoup avancé, à vrai dire.

— Haha, ouais, pareil.

— Mais tu vas bien ? demande-t-il. J'ai l'impression que tu n'es pas au top aujourd'hui.

Je m'arrête, un peu surpris.

— Oh. Ouais. Non. Je vais bien.

— Sûr ?

Il joue avec ses doigts et me lance un autre regard.

— Ouais. Je sais pas. C'est juste que Nick parle beaucoup de la fac et ça me... fait me sentir un peu naze... Je sais pas.

Je grogne et je me passe une main dans les cheveux.

— Ça a l'air tellement horrible quand je le dis tout haut.

— Non, tu as le droit de ressentir des trucs, sourit-il. Je comprends.

— Mais ce n'est pas vraiment juste pour lui ; il a le droit de se réjouir.

— Tu devrais peut-être lui en parler. Vous avez déjà discuté de la distance et de tout le reste, non ?

— Ouais, on en a parlé... Mais je ne pense pas qu'il comprenne à quel point ça...

Je ne sais pas vraiment comment finir ma phrase.

— Il va se sentir trop mal.

Je secoue la tête.

— Je n'ai pas envie qu'il arrête de se réjouir.

— Eh ben...

Aled lutte pour trouver ses mots. Il baisse les yeux sur sa table et joue avec ses fiches.

— Je ne pense pas que vous ayez du souci à vous faire. Enfin, tu sais, vous êtes... Vous êtes Nick et Charlie. Vous n'allez pas rompre... Je ne pense pas... Enfin, même Ella et Tao ne rompent pas, et tu sais comment ils sont.

Tao sort avec Ella Argent, une fille du niveau de Nick, depuis à peu près aussi longtemps que lui et moi. Ils ont vraiment l'air de beaucoup se prendre la tête, mais c'est généralement pour des choses très insignifiantes du genre leur avis sur des films.

— Ouais.

Aled ne dit plus rien, donc je me lève et j'annonce que je vais aux toilettes. Ce qui est faux. Je marche jusqu'à une rangée de casiers contre laquelle je m'adosse. Je sors mon téléphone et tente de trouver quoi dire à Nick, de quelle manière exprimer ce que je ressens. Mais il n'y a pas de bonne façon de le dire, pas sans le faire culpabiliser. Et ce n'est absolument pas ce que je veux.

Alors, j'ouvre ma boîte Tumblr juste pour voir s'il y a quelque chose d'intéressant, mais il n'y a que des messages me demandant si j'ai bien réfléchi au fonctionnement d'une relation à distance, si ça vaut vraiment le coup de souffrir, si Nick ne va pas rencontrer quelqu'un d'autre à l'université comme je ne serai pas tout le temps là. Je n'ai pas l'intention de laisser ces choses m'atteindre, pourtant, elles y arrivent. Je commence même à avoir les larmes aux yeux, donc je quitte l'application et je la supprime de mon portable.

Tout va bien. Pourquoi suis-je aussi bouleversé ?

Nick

Quand Charlie s'affale dans ma voiture à 15 h 15, je sens qu'il se passe quelque chose. Je le salue mais je n'ai qu'un faible grognement en retour et, dès qu'il referme la portière, il s'appuie contre la vitre et ferme les yeux.

Je reste silencieux un moment, j'attends de voir s'il va dire quelque chose. Mais non.

— Ça va ?

— Hmm, répond-il sans bouger.

— Journée difficile ?

— Hmm.

Je continue de rouler sans insister. S'il veut parler, il le fera. C'est un truc que j'ai appris à propos de Charlie. Si on le force à discuter d'une chose dont il ne veut pas parler, il y a encore moins de chances qu'il finisse par s'ouvrir.

Le temps d'arriver chez lui, Charlie semble aller un peu mieux donc je n'aborde pas le sujet. Mais il y a quand même un truc qui *cloche*. Il reste sur son ordinateur dans un profond silence pendant que je discute avec sa mère. Il passe au moins une demi-heure à choisir sa tenue pour la fête de Harry, sachant qu'il porte toujours le même jean et la même chemise à carreaux où qu'il aille. Il met un peu plus de temps que d'habitude à avaler son dîner, ce qui est toujours signe de stress chez lui. Dans la voiture, en route vers la maison de Harry, ses genoux s'agitent.

Peut-être qu'il est fâché contre moi. Je n'en ai pas la moindre idée.

Nous nous garons sur le côté, et il marche un peu devant Tori, la sœur de Charlie, qui a fait le trajet avec nous, et moi.

— Vous vous êtes disputés ? demande Tori. Il a l'air en colère contre toi.

— Pas que je sache. J'ignore ce qui ne va pas.

— Hmm.

Elle n'ajoute rien de plus.

Harry Greene habite dans une maison de ville près de la rue principale. Ses fêtes gigantesques sont plus ou moins ce qui fait de lui le gars le plus populaire de Truham. Nous savons tous que vers vingt-trois heures, presque tout le monde dansera au sous-sol sur des remix de dubstep moisis. À minuit, des gens vomiront dans les pots de fleur ou sur le trottoir. À deux heures, d'autres seront endormis dans les couloirs, se disperseront dans les différentes pièces pour se galocher ou planeront dans le jardin.

Comme prévu, la musique est à fond au sous-sol, au point de faire vibrer le sol, et il y a du monde partout, principalement des élèves de première et de terminale, mais aussi quelques élèves de troisième et de seconde, et des gens d'une école secondaire à l'autre bout de la ville. Je crois que nous étions tous censés rester dans le jardin, mais il s'est mis à tomber des cordes. Tu parles d'un été.

Dès que nous sommes entrés et que Tori est partie retrouver ses amis, Charlie se rue dans la cuisine pour boire. La table, comme prévu, est remplie de bouteilles et de gobelets en plastique et, une fois que nous l'atteignons, Charlie descend un shot de vodka, puis un autre. C'est peut-être le moment d'intervenir.

Je lui touche le bras.

Il me regarde et boit une gorgée de la vodka limonade qu'il vient de préparer.

— Hmm ?

— Tu vas bien ?

Il hoche la tête avec un peu trop d'enthousiasme.

— Ouais, ça va. Pourquoi ?

Je secoue la mienne.

— Tu as l'air un peu à cran.

Il détourne les yeux et verse un peu plus de vodka dans son verre.

— Oh. Juste… un peu stressé par les révisions… j'ai été de mauvaise humeur toute la journée…

L'explication semble raisonnable, je trouve. Mais là encore, je fais peut-être face à Charlie, menteur professionnel – il ment à des *tas* de gens. Il a menti à ses amis pendant des mois à propos de son anorexie. Il ment parfois à ses parents quand il veut sortir avec moi, mais qu'il n'est pas sûr qu'ils l'y autorisent. Il ment à M. Shannon pour éviter d'être impopulaire auprès des autres élèves. Cela dit, il me ment extrêmement rarement. Pourtant, je sais que parfois, il dit des choses uniquement pour ne pas me déranger. Je pense que c'est le cas en ce moment.

Il boit une autre gorgée. Ses yeux parcourent la pièce.

— Best Coast, dit-il.

— Quoi ?

— La musique. C'est Best Coast.

Je n'avais même pas calculé qu'il y avait de la musique ici. Je tente de trouver un truc à dire, mais il est plus rapide.

— On devrait picoler.

Je ris.

— Je conduis.

— Oh.

— Mais vas-y, toi.

— C'est l'idée.

— Tu ne penses pas qu'on devrait d'abord sociabiliser ?

Il sert un verre de limonade qu'il me tend.

— Hmm, d'accord.

Il se rapproche de moi, à tel point que je crois qu'il va m'embrasser, ici, devant ces gens qui discutent et qui boivent, mais il lève seulement ses yeux bleu glacial et me regarde par-dessous ses cheveux sombres, avec un léger sourire, l'ébauche d'une fossette sur une joue, déchaînant tout ce qui m'a attiré physiquement chez lui au départ. Je suis mi-confus, mi-troublé.

— Nick, dit-il d'une voix presque inaudible que j'aurais loupée si je n'avais pas eu les yeux rivés sur ses lèvres.

Je lâche un rire nerveux, sentant mes joues s'empourprer, mais je ne sais pas trop quoi dire. Nous ne sommes pas vraiment réfractaires aux marques d'affection en public, mais nous n'avons jamais rien fait comme *ça*, avec les autres autour. Que cherche-t-il à faire ?

— Je veux baiser bourré dans les toilettes tout à l'heure, murmure-t-il avant de partir sans me laisser une chance de lui répondre.

Charlie

J'ai conscience de lutter contre mes sentiments par rapport à Nick qui part à l'université en a) refusant d'en parler et b) flirtant avec lui au point que c'en est embarrassant, mais franchement, je suis à *deux doigts* de cogner la prochaine personne qui aura le malheur d'employer le mot « université » dans une phrase. Je n'ai jamais frappé qui que ce soit de ma vie, mais il n'est jamais trop tard pour s'y mettre.

Oh, et c) je bois trop.

Vraiment trop.

Il ne m'en faut pas beaucoup, ce qui est extrêmement pratique dans des situations comme celle-ci, où il y a des terminales partout et où tout le monde parle sans cesse de bal de promo, de quitter le lycée, d'été, d'université. Je veux juste rentrer *chez moi*.

Je me tiens le plus loin possible de Nick parce que l'entendre en parler est pire que tout.

Je suis une personne horrible.

Il est vingt-trois heures et j'ai désormais perdu le compte du nombre de vodkas limonade que j'ai bues, et je dois rester assis près de Tao dans un fauteuil de la véranda parce que j'ai trop de mal à tenir debout pour l'instant. Il n'y a pas vraiment de place pour deux sur ce fauteuil, et ma jambe est un peu engourdie du fait que Tao est légèrement assis dessus, mais il est trop occupé à parler de choses et d'autres, j'ignore de quoi, je ne fais pas vraiment attention…

— Nick et toi, vous en avez discuté ? demande-t-il en me tirant de mon hébétement.

Mais j'ai toujours l'impression d'avoir du coton dans les oreilles et que rien de ce qu'il se passe n'arrive réellement.

— Quoi ? Je n'écoutais pas.

Tao me sourit. Il a toujours l'air plus excentrique en dehors du lycée. Ce soir, il porte une chemise à rayures, sans doute destinée à un homme d'affaires, avec un pantalon vert retroussé et son habituel bonnet rouge. Il pense sincèrement que sa place est dans un film de Wes Anderson.

À suivre…